Le LIVRE de POCHE

JEUNESSE

MON BEL ORANGER

BRUCE CLEMENTS

Bruce Clements, qui est enseignant, vit avec sa femme et ses quatre enfants dans le Connecticut. Il est l'auteur de dix livres, dont sept pour la jeunesse. Pour écrire *Un sacré menteur* qui se passe dans la première moitié du XIXe siècle aux États-Unis, sur les rives du fleuve Missouri, il a été profondément influencé par Mark Twain. Ce livre est devenu dès sa parution, en 1974, un véritable classique de la littérature enfantine américaine. Le *School Library Journal*, le journal des bibliothèques scolaires, le classe comme « un des meilleurs parmi les meilleurs livres » publiés entre 1966 et 1978.

UN SACRÉ MENTEUR

TITRES PARUS DANS LA SÉRIE
Mon bel oranger
CRÉÉE PAR ANDRÉ BAY ET DIRIGÉE PAR MARIE-PIERRE BAY

JAMES ALDRIDGE
La véritable histoire de Spit MacPhee
Le merveilleux cheval mongol

MARION DANE BAUER
Face à face

FORREST CARTER
Petit Arbre

SYLVIA CASSEDY
Morton, l'enfant différent

JEROME CHARYN
Une petite histoire de guerre

DEBORAH CHIEL
À chacun sa guerre

JAMES L. & CHRISTOPHER COLLIER
Sang contre sang

LILLIAN EIGE
L'enfant dont personne ne voulait

MICHAEL ENDE
Momo

JOHN FITZGERALD
Grosse Tête

FRANKCINA GLASS
J'm'appelle Tigre

LIBBY HATHORN
Ne m'oublie pas

ERNEST HILLEN
Le cavalier de plâtre

ANNE HOLM
David, c'est moi

JULIE JOHNSTON
Héros quand même
Sara la farouche

JOHN MACLEAN
Quand la montagne chante

BEN MIKAELSEN
Ils n'auront pas mon ours !

JAY NEUGEBOREN
Un enfant chez les Comanches

URI ORLEV
Une île, rue des Oiseaux

AMOS OZ
Mon vélo et autres aventures

PATRICK RAYMOND
Daniel et Esther

WENDY ROBERTSON
Pour venger mon copain

ISAAC BASHEVIS SINGER
Un jour de plaisir

MICHAEL SMITH
Enlevés !

ROBERT SOMERLOTT
Je voulais être avec mon chien

ELIZABETH GEORGE SPEARE
Le signe du castor

MARC TALBERT
Le pèlerinage de Chimayo

SUE TOWNSEND
Journal secret d'Adrien, 13 ans 3/4

JOSÉ MAURO DE VASCONCELOS
Allons réveiller le soleil

RUTH WHITE
Le fils de Belle Prater

PATRICIA WILLIS
J'ai cherché ma maison

BRUCE CLEMENTS

UN SACRÉ MENTEUR

Traduit de l'américain par
Anne Rabinovitch

HACHETTE
Jeunesse

L'édition originale de cet ouvrage
a paru en langue anglaise
chez Farrar, Straus & Giroux, New York
sous le titre :

I TELL A LIE EVERY SO OFTEN

A Joyce Carol Oates,
que j'admire pour son sens de la justice.

1

Je mens de temps à autre, en général c'est sans conséquence, mais le printemps dernier cela m'a conduit à huit cents kilomètres d'ici et des tas d'événements se sont produits. Quelqu'un s'est fait descendre, j'ai eu très tôt un matin la visite d'une belle fille qui parlait une langue étrangère, j'ai assisté à un match de foot entre deux équipes de cent joueurs, dont une fille, un bateau a coulé sous moi, mon frère Clayton s'est mis à se comporter d'une façon bizarre, à dormir avec un fusil chargé, et ce n'est pas tout.

J'avais quatorze ans alors et je ne regrette rien, mais je ne recommencerai pas, les choses pourraient tourner beaucoup plus mal, on ne sait jamais jusqu'où elles vont aller.

A ce moment-là Mlle Caroline Burke était la

fiancée de mon frère, du moins il lui faisait la cour. Elle a une sœur jumelle, Clytemnestre, plus petite, plus dodue, plus vieille qu'elle de dix minutes, et qui a moins bon caractère. En revenant de l'église le matin de Pâques, le 23 avril 1848, Clytemnestre nous a raconté que Caroline avait rembourré son corsage pour grossir sa poitrine.

Cette nouvelle a inspiré à Clayton une terrible colère, comme le dit souvent la Bible, pourtant il sait bien que Clytemnestre Burke raconte toujours des histoires sur les gens pour s'amuser. Parfois elles sont drôles, comme celle du révérend Sweetvarnish dont la vache était habitée par le diable, mais le plus souvent elles sont simplement méchantes.

Ce matin-là, nous sommes allés chez elle après la messe. Les Burke vivent dans notre rue, sur le trottoir d'en face, et nos mères sont très amies. Chacune est élue à son tour présidente du Cercle des dames chrétiennes. Les deux familles se trouvaient au complet à l'église, sauf Caroline qui avait pris froid et était restée à la maison : il y avait donc les quatre Desant, ma mère, mon père, mon frère Clayton et moi, et les trois Burke en bonne santé, M. Burke, Mme Burke et Clytemnestre, que tout le monde appelle Clemmy sauf sa mère ; Clayton, Clemmy et moi nous marchions en avant. Il faisait très chaud. Pour la première fois depuis cinquante-sept ans, le jour de Pâques était assez proche de l'été et j'avais hâte de rentrer à la maison pour enlever mon manteau du dimanche.

Sur le chemin, Clytemnestre nous a fait promettre de ne répéter à personne ce qu'elle allait nous dire, puis elle a eu l'air de penser que notre parole n'était pas assez sacrée. Nous arrivions devant la maison, les autres nous rattrapaient. Alors elle nous a confié son secret à voix basse, presque inaudible, comme si elle ne parvenait pas à croire que sa propre sœur était capable d'une chose pareille, puis elle a haussé les épaules, glissé un doigt dans ses boucles et dit que finalement cela n'avait guère d'importance. « En plus, je suis sûre que des tas de filles aussi mal loties le font, a-t-elle susurré en faisant les gros yeux. Bien sûr, peut-être que le médecin le lui a recommandé à cause de sa bronchite, pour lui tenir chaud ; dès qu'elle sera guérie elle enlèvera les coussinets de coton. De toute façon ce n'est pas très intéressant, je suis sûre que les saints et les anges ne se soucient guère des ruses de Caroline ni de son tour de poitrine. »

Clayton, lui, était très troublé par cette révélation, mais il ne savait pas quoi faire. Une fois à la maison, il s'est mis à marcher de long en large, attrapant les objets, les remettant à leur place, finalement il est sorti se ronger les ongles sur la terrasse de derrière. J'étais désolé pour lui, j'aurais voulu l'aider, il se montait la tête pour rien. Comment s'assurer que Caroline portait de faux seins ? Il ne pouvait lui poser la question directement, le plus simple était de l'épouser, mais il voulait d'abord connaître la vérité. Il vivait des moments terribles, tourmenté de mille inquiétudes, comme l'écrit Shakespeare dans la première partie de sa pièce *Henry VI*.

« Peut-être ne comprends-tu pas à présent ce que je ressens, Henry », dit-il comme si après dix-sept ans la vie apparaissait sous un jour différent, très éloigné de l'image qu'en ont les enfants, « quand tu seras plus grand tu l'apprendras. Vrai ou faux, c'est une supercherie féminine, un homme ne serait jamais capable d'une chose pareille. Et si cela t'arrivait ? Comment réagirais-tu ? S'il ne s'agissait pas de Caroline, mais de Clemmy ? Que penserais-tu, si tu en avais la preuve, bien sûr ? »

A en juger par les questions de Clayton, je ne suis pas le seul de la famille à avoir des idées bizarres. Clemmy Burke a au moins trois ans de plus que moi, elle ne fait attention à rien. J'aimerais mieux épouser son chien, qui a une maladie de peau.

« Il y a neuf chances sur dix pour qu'elle

mente. Tu connais Clemmy. Elle dit n'importe quoi. »

Clayton secoua la tête : « Ça ne change rien... Et pourquoi raconter cette histoire ? Les occasions de mentir ne manquent pas...

— Comme ?...

— Tout ce qui se voit.

— Peut-être qu'elle est obsédée... Elle a voulu emprunter le soutien-gorge de Caroline, qui a refusé, alors elle se venge...

— Les dames n'échangent pas ce genre de vêtements, interrompit Clayton. Et puis Clemmy est plus dodue. »

Il avait raison ; au lieu de discuter, je lui fis une proposition.

« Veux-tu que j'aille voir dans la chambre de Caroline ?

— Tu ferais ça pour moi ? s'écria-t-il.

— Bien sûr. Nous sommes invités chez elle cet après-midi. Tout le monde se réunira autour du piano, pendant que tu joueras je monterai au premier jeter un coup d'œil dans ses placards.

— On peut dire que tu ne perds pas une minute, Henry ! » s'exclama Clayton, m'étreignant la main comme le révérend Sweetvarnish.

A 3 heures tapantes nous sommes arrivés chez les Burke. Dès que Caroline est descendue, il s'est mis au piano et a commencé à jouer « Plein d'un espoir sacré je me dirige vers ma demeure céleste », l'hymne le plus retentissant qu'il connaisse, avec quatorze couplets. Même M. Burke, qui est forgeron et n'ouvre jamais la bouche, s'est joint aux autres chanteurs. Dès le troisième verset, je me suis glissé hors du salon, j'ai ouvert et refermé la porte d'entrée pour faire croire que je m'en allais, j'ai bondi en haut des escaliers. Au premier étage j'ai découvert Prince, le chien de Burke, juste derrière moi.

Je me suis avancé dans le couloir pour ne pas être vu d'en bas, mais le chien n'a pas eu l'idée de me suivre. Il est resté sur le palier, le corps légèrement penché à gauche comme pour s'asseoir, l'air préoccupé. Il n'était pas censé se trouver là lui non plus et ne savait que faire. C'est une bête bien élevée.

Beaucoup de chiens ne supportent pas qu'on les regarde longtemps dans les yeux, j'ai eu peur qu'il se mette à aboyer, je lui ai dit qu'il était brave et je suis entré dans la chambre de Caroline. Je savais laquelle c'était parce que je connaissais ses fenêtres. Il y avait une commode avec des anges gravés, j'ai hésité un moment debout au milieu de la pièce, me demandant quel était le bon tiroir.

Je dois avouer que j'étais moi-même curieux de voir les dessous de Caroline, l'inquiétude de Clayton mise à part. Je mourais d'envie d'ouvrir ses six tiroirs et de fouiller dans ses affaires.

Pourtant je ne l'ai pas fait. Quelque chose en moi me l'a interdit. Au bout d'une minute je suis ressorti dans le couloir.

En bas ils chantaient « Amen », Clayton entamait déjà un autre hymne. Prince s'est levé en me voyant, il a aboyé mais, avec tout ce bruit, personne ne l'a entendu. Il a remué gaiement la queue quand je suis passé devant lui pour redescendre aussi vite que possible au salon. Clemmy était au piano à côté de Clayton, elle se balançait d'avant en arrière. Il a accéléré le rythme en m'apercevant. Il est doué pour la musique, il a une voix formidable, et Clemmy aussi.

Nous nous sommes dépêchés de partir, Clayton brûlait d'impatience d'entendre les nouvelles.

« Qu'est-ce que tu as trouvé ? m'a-t-il demandé.

— Des dessous ordinaires, rien de plus...

— C'est tout ?

— Il y a plein de dentelles et de froufrous, comme dans tous les sous-vêtements féminins.

— Comment le sais-tu ?

— Il m'est arrivé de voir du linge accroché dehors... C'est plus épais ou plus fin selon les endroits... Rien de spécial.

— Tu as tout regardé ?

— Quatre tiroirs. Caroline est sûrement faite comme elle en a l'air. »

C'était le premier mensonge, qui fut à l'origine de tout le reste. Un petit mensonge, destiné à remonter le moral de mon frère, je le répéterais s'il le fallait. Mais voilà, les mensonges vont toujours par deux. On dit le second pour confirmer le premier ou pour encourager son interlocuteur à penser à autre chose.

J'ai vu à son expression que Clayton était soucieux. L'idée que son frère avait fouillé dans les jupons de sa fiancée le troublait. Je voulais le lui faire oublier, aussi je lui ai raconté une autre histoire. Un pur mensonge cette fois, puisqu'il ne me concernait pas. Je lui ai dit que mercredi dernier, en revenant de la tonnellerie, j'avais rencontré dans la rue Chouteau un Indien avec une charrette de peaux de buffle ; nous avions commencé à bavarder et il m'avait appris qu'une jeune fille blanche aux cheveux roux, âgée d'une quinzaine d'années, vivait dans une tribu d'Indiens près de Fort Pierre dans le territoire du Dakota ; elle courait plus vite que tous les autres.

C'était un mensonge très vraisemblable car neuf ans auparavant ma cousine Hanna, la fille de notre oncle John Case et de la tante Lucile, s'était perdue près de leur ferme aux environs de Kanesville, à Council Bluffs, dans l'Iowa. Ils l'ont cherchée jusque dans les Badlands mais ils ne l'ont jamais retrouvée. Clayton a tout de suite pensé qu'il s'agissait d'elle et imaginé une folle équipée dans la forêt où il sauverait héroïquement sa cousine prisonnière. Mon mensonge ressemblait à celui de Suffolk dans la seconde partie de *Henry VI*. Il provoqua un chœur de chants d'oiseaux si envoûtant que Clayton ne put y résister.

Ce fut un mensonge cruel et j'aurais dû avouer tout de suite par bon sens et générosité, mais je ne le fis pas. Le doute était plus profond car il pouvait s'agir d'une histoire vraie. J'avais seulement cinq ans quand Hanna se perdit, ou fut enlevée, nous vivions au loin mais je me souviens d'elle. Au printemps, sa famille était passée par Saint Louis en route pour l'Iowa. Elle avait six ans, elle aimait courir, comme moi. Une fois, nous nous sommes enfuis tout un après-midi, j'ai oublié où.

Je n'ai rien contre mes autres cousines, sinon qu'elles ressemblent à des tortues, mais Hanna était gentille et jolie, elle courait comme l'éclair. Elle avait très bon cœur et la nuit, quand elle avait envie de faire pipi, pour ne pas faire de bruit, elle allait dehors au lieu d'utiliser le pot de chambre en fer près de la porte.

Le 20 septembre 1839 elle sortit de la maison en pleine nuit pour ne jamais revenir, personne ne sait ce qui lui arriva. Peut-être des Indiens l'attrapèrent-ils. Deux de leurs fillettes avaient été tuées en août par un soldat ivre, sans doute était-ce une mesure de représailles. Beaucoup de gens pensèrent que son cadavre était caché quelque part. Son père et sa mère sont morts aujourd'hui, mon cousin John est devenu le chef de famille et dirige la ferme, personne ne pense plus à Hanna.

Clayton n'a rien répondu en entendant mon mensonge, il a continué de fixer le sol. Nous étions encore devant chez les Burke, il est parti en direction de la maison, je l'ai suivi. Il ne m'a rien dit d'autre de la journée.

C'est le genre d'homme qui ne supporte pas d'avoir plus d'une idée en tête. Maintenant il en avait deux, comme si les scènes de pièces différentes se jouaient sous ses yeux. Dans la première, je me glissais dans la chambre de Caroline, j'ouvrais un tiroir de sa commode, je palpais son linge. Dans la seconde, Hanna sortait de sa maison et était enlevée par les Indiens. Deux moments forts qui le troublaient énormément, même s'ils ne correspondaient pas à la réalité. Il était comme Hamlet face au fantôme de son père assassiné. Peu importe que le spectre soit réel. Hamlet en est convaincu, il doit réfléchir à ce qu'il va faire.

Ce soir-là, bien après la tombée de la nuit, j'ai escaladé l'arbre devant la fenêtre de Clemmy, ouverte à cause de la chaleur, et j'ai jeté trois petits serpents à l'intérieur. Ce n'était pas par esprit de vengeance, mais seulement pour lui prouver qu'elle n'était pas la seule dans ce monde à dire ce qui lui chantait et à se moquer des gens. Elle avait été méchante à l'égard de Caroline. Ce n'était pas très gentil de lui envoyer des reptiles, mais du moins cela ne ressemblait pas à de la calomnie.

Dans la famille, nous sommes tonneliers depuis quatre générations, maintenant j'apprends le métier et cette semaine-là, occupé à fabriquer des barils, à vider l'eau de la cave tous les deux jours en ce printemps pluvieux, à lire un peu de Shakespeare le soir pour apprendre à connaître le monde, je n'eus guère le loisir de penser aux Indiens. Je songeais de temps en temps à Clemmy, persuadé qu'elle allait me rendre la monnaie de ma pièce. Je ne voulais pas être pris par surprise mais mon mensonge m'était pratiquement sorti de la tête.

Le premier dimanche après Pâques, une belle journée ensoleillée, nous allâmes à l'église avec les Burke. Caroline était remise de sa bronchite et elle portait une robe blanche. Beaucoup diraient, comme moi, qu'elle est belle. Le prêtre, le révérend John T. Otis, sortait du séminaire de Princeton, New Jersey, et devait être nommé à l'église presbytérienne Andrews de

Saint Joseph. Jamais je n'avais vu de pasteur aussi aimable en chaire.

Par principe je n'écoute pas les prêcheurs, mais John Otis prononçait des paroles douces et raisonnables. Il n'était pas du genre à *vous assourdir de mots*, comme l'écrit Shakespeare dans *Le Roi Jean*. Il parla de la frontière dans son sermon. A l'époque de son père, dit-il, elle se situait aux alentours de Saint Louis, aujourd'hui elle s'était déplacée jusqu'en Californie. « La nature sauvage qu'ont connue nos parents a été domptée par l'homme, des villes, des villages s'y sont construits. » Je regrettai qu'il ne parlât pas plus longtemps. Clayton l'écouta très attentivement car il était persuadé depuis son plus jeune âge que Dieu le destinait à monter en chaire et non à fabriquer des tonneaux. Devant lui se trouvait un homme à peine plus vieux, qui avait déjà fini ses études au séminaire et exerçait la fonction de pasteur.

Après l'office les Burke invitèrent M. Otis à dîner avec sa tante Eusebia, une dame d'une cinquantaine d'années qui l'accompagnait jusqu'à Saint Joseph et devait ensuite se rendre à Council Bluffs pour y épouser son cousin germain, M. Thomas Johnson, fourreur de son état. Le mariage avait été arrangé par M. Titus Pewbrace, son oncle, un homme bon et généreux.

Je restai sur le porche avec les hommes tandis que les femmes préparaient le dîner et j'étais si captivé par la conversation de M. Otis que j'oubliai de surveiller Clemmy. Brusquement, je sentis le goût du serpent dans mon pâté. Elle était assise en face de moi, guettant ma réaction, aussi je continuai de manger en écoutant les autres parler. Je fus le premier à terminer mon assiette, ne voyant aucune raison de manger lentement.

Je regardais surtout Clayton. Il me rappelait *Antoine et Cléopâtre*. Quand il se met à l'aimer trop, il la quitte et s'en va à Rome. « Je dois me hâter de partir d'ici », dit-il, et je suis sûr que Clayton pensait la même chose. Nous avions eu le projet de nous rendre chez notre cousin John à la mi-juin pour l'aider dans les travaux de la ferme. Au même moment Harold devait venir à Saint Louis pour apprendre le métier de tonnelier avec mon père. L'idée de mon frère était de partir immédiatement au lieu d'attendre juin.

Quand tout le monde eut fini le dessert, il se racla la gorge comme M. Sweetvarnish quand il commence à prier et il dit à M. Otis qu'il serait heureux de faire route avec lui jusqu'à Saint Joseph et d'accompagner ensuite Mlle Eusebia à Council Bluffs. Naturellement, il avait l'intention d'aller plus au nord pour chercher notre cousine Hanna. Il n'attendit pas la permission de notre père pour présenter sa requête, il avait désormais l'âge de s'en passer.

M. Otis répondit qu'il serait heureux d'accepter si la famille n'y voyait pas d'inconvénient, et tout le monde fut enchanté. Le choléra sévissait en cette saison et mes parents se réjouissaient de nous voir quitter Saint Louis dès que possible.

2

Après le dîner j'essayai de composer une réponse à Clemmy Burke dont elle se souviendrait longtemps. Je dormais presque quand j'eus l'idée de lui envoyer un poème dégoûtant. Je relus quelques sonnets de Shakespeare et je m'inspirai de ses rythmes et de sa mélodie pour rédiger ce « Poème à Clemmy Burke, l'ange le plus pur de la terre ».

Hélas, je crains que ma dernière heure ne
soit arrivée,
Je m'agite et transpire sur mon lit,
Regarde comme ma tête est enflée !
Las, mes entrailles sont en feu...

Au loin mon ange blotti dans son lit

Dort telle une motte de boue dorée.
Cependant j'éprouve une sombre terreur,
Clytemnestre a versé un philtre dans mon sang !

Douce amie, déesse de la nuit,
Fleur joyeuse, brandis ta torche
Et je viendrai, guidé par ta lumière,
Déverser ma passion sur ton seuil !

Ah ! Mon amour, je vais bientôt vomir
Et répandre sous la lune mes hommages sincères !

Quand j'eus commencé le poème, ce fut très facile, j'aurais pu en écrire beaucoup plus long, mais il était tard et tout le monde dormait. Je le recopiai à l'encre marron sur du beau papier, j'y apposai un sceau et j'allai le glisser dans sa boîte aux lettres.

Le lendemain matin je descendis avec Clayton jusqu'au fleuve pour acheter des places pour Saint Joseph sur le *Jane Sure*, qui ressemble à un hôtel à deux étages, avec des balcons partout. En bas, il y a les écuries, la soute et une énorme salle des machines. Il faut monter sur le bateau pour se rendre compte à quel point il est grand, on a l'impression qu'on pourrait y marcher des jours et des jours.

Sur le chemin, Clayton m'expliqua que comme il était l'aîné, je devrais lui obéir pendant tout le voyage. « Dans ce cas, tout se passera très bien », dit-il. Je ne voulais pas faire de promesse, aussi je répondis simplement que j'aurais grand besoin de son aide, ce qui était vrai, et je le laissai parler.

Le printemps précédent, il avait découvert que l'après-midi après l'école j'allais aux enterrements et il me fit un long discours, m'expliquant que les enfants doivent écouter les adultes. J'assistais seulement aux funérailles des immigrants morts du choléra. Ils étaient venus d'Europe, ils avaient remonté le fleuve depuis La Nouvelle-Orléans pour tomber malades et mourir à Saint Louis. J'avais l'impression que cela réconforterait la famille de voir un Américain partager son chagrin. Clayton menaça de tout raconter à Père. Il m'affirma que je risquais d'être contaminé et de succomber à la maladie si je continuais. Je l'écoutai très attentivement mais je ne promis rien.

Il me décrivit longuement les dangers que courent les voyageurs quand les plus jeunes refusent de tenir compte des sages conseils de leurs aînés. Il me parla des Peaux-Rouges et énuméra la liste des qualités nécessaires pour survivre dans les régions sauvages : la maîtrise de soi, le courage, l'énergie, la prudence, la persévérance, la lucidité, le silence, l'endurance, la prévoyance et l'audace, et d'autres encore. Nous devions garder notre honneur et revenir la tête haute. Il ne dit rien de Hanna, mais il y pensait certainement.

Quand il eut fini, nous étions à mi-chemin de la maison et je l'assurai que je me souviendrais de ses recommandations. Nous avions retenu deux places dans une chambre du premier étage. Elles coûtaient treize dollars chacune, l'équivalent de trois semaines de gages à la tonnellerie, mais Père ne discuta pas.

L'après-midi, Clayton alla faire des courses pour le voyage avec M. Otis, tandis quc j'accompagnais Tante Eusie au bateau, car elle avait une affaire à régler avec le capitaine. A part ma mère, c'était la femme la plus merveilleuse que j'aie jamais rencontrée, et nous devînmes de grands amis. Elle disait ce qu'elle pensait, avec passion.

La cabine du capitaine, Thomas Hanford Fountain, se trouvait au dernier étage, à tribord ; de là un escalier intérieur conduisait directement au poste de timonerie sur le toit. Quand nous arrivâmes, le capitaine fumait un cigare à sa fenêtre, surveillant des chevaux qu'on embarquait. Il pria Tante Eusie de s'asseoir et lui demanda ce qui l'amenait. Elle répondit qu'elle s'inquiétait pour ses bagages :

« Ma malle est déjà dans la soute, capitaine, mais rien ne me garantit qu'elle ne risque aucun dommage pendant le trajet...

— Mademoiselle Otis, je vous assure qu'on vous la rendra intacte au port de Saint Joseph huit ou neuf jours après le départ de Saint Louis. »

Tante Eusie, les mains croisées sur ses genoux, répliqua très aimablement :

« Il y a parfois des naufrages, n'est-ce pas, capitaine ? »

M. Fountain lui lança un regard paternel. « Le *Jane Sure* est un excellent bateau à vapeur, mademoiselle Otis, et jouit des perfectionnements les plus récents. Le Missouri est assez haut pour nous permettre de naviguer au-delà de Saint Joseph en toute sécurité, sans toucher le fond ni heurter des écueils. Vous n'avez rien à craindre.

— Des navires ont-ils coulé l'année dernière dans le fleuve ? demanda-t-elle en souriant. Combien ont échoué avec leurs passagers et les marchandises qu'ils transportaient ? Dix ?

— Peut-être.

— Ou même une quinzaine ?

— En les comptant tous, oui. »

Tante Eusie sourit :

« Capitaine Fountain, j'ai l'intention d'épouser un gentleman à Kanesville, M. Thomas Johnson, peu après mon arrivée. J'ai cinquante ans, j'ai passé un certain nombre d'années à m'occuper de mon beau-père qui vient de mourir et je suis impatiente de connaître enfin le bonheur du mariage, vous le comprendrez sûrement. Mon fiancé s'apprête à m'accueillir avec joie et à recevoir ma malle au contenu précieux, que j'évalue modestement à cinq cents dollars. Je possède une liste des objets qu'elle renferme, si vous désirez la consulter. Me garantissez-vous de leur perte ?

— Nous avons pour principe de ne jamais assurer les bagages, mademoiselle Otis.

— Je vois. » Tante Eusie se montrait le plus polie possible. « Etes-vous du Maryland, capitaine ?

— Depuis onze ans. Comment le saviez-vous ?

— Je n'ai jamais rencontré un habitant du Maryland qui n'aimait pas le risque. Je suis prête à parier dix dollars avec vous que ce bateau fera naufrage avant Saint Joseph. Vous êtes persuadé du contraire, aussi peut-être accepterez-vous de me donner quatre cent cinquante ou cinq cents dollars si vous perdez. Vous m'épargnerez alors la mortification de me présenter sans dot à mon bien-aimé. Cela vous convient-il ?

— Je ne parie jamais avec les dames.

— Quant à moi, monsieur, je ne remonterai jamais le fleuve Missouri, mais je suis prête à le faire dans ce splendide navire. »

M. Fountain secoua la tête. « Madame, je ne parie jamais avec mes passagers.

— Alors pariez avec un ami, un capitaine de bateau qui ne refusera pas dix dollars... »

Il ne répondit pas. Tante Eusie se pencha vers lui :

« Capitaine, je suis une femme non mariée aux revenus modestes dans un monde qui appartient aux hommes et je vais enfin trouver un refuge sûr. Dois-je risquer d'arriver là-bas les mains vides ?

— Le *Jane Sure* ne fera pas naufrage, madame. Je vous en donne ma parole.

— Je vous parie dix dollars que si, à cinquante contre un, mon ami Henry ici présent en est témoin.

— Vous ne comprenez pas, mademoiselle Otis.

— Avez-vous jamais coulé, capitaine ?

— Madame, je suis fier de dire que je ne sais même pas nager. »

Tante Eusie tourna la tête vers moi. « Je te parie dix dollars, Henry, que le capitaine regrettera son ignorance dans moins d'une semaine. »

Il haussa les épaules. « Très bien, dit-il, si cela peut vous mettre l'esprit en repos, j'accepte à quarante-cinq contre un, mais cela restera un secret entre nous.

— Ah ! Capitaine, vous me sauvez du malheur ! J'espère sincèrement perdre mon argent. Maintenant je n'ai plus qu'à faire attention de ne pas tomber par-dessus bord. »

M. Fountain se leva. « Mademoiselle Otis, dit-il, soyez en paix. Je n'ai jamais perdu un passager du beau sexe. A la vérité, vous risqueriez beaucoup plus en passant à Saint Louis la saison du choléra qu'en voyageant sur mon bateau.

— Je n'en doute pas un instant », dit Tante Eusie en lui serrant la main énergiquement. Puis nous rentrâmes à pied à la maison. En chemin elle me raconta s'être trouvée à vingt ans au milieu du lac Érié sur un bateau qui avait coulé à trois kilomètres de la rive. « Ce jour-là j'ai été heureuse de savoir nager. Non pas fière, mais heureuse. Mon beau-père m'avait appris. Ne te vante jamais de ton ignorance, Henry. Ce n'est pas une qualité. »

Ce soir-là, j'allai me coucher tôt car j'étais fatigué. J'avais commencé à lire les pièces historiques mais je n'ai même pas eu le courage d'ouvrir mon livre. Un peu après une heure du matin, Clayton est venu me réveiller, il m'a obligé à sortir du lit et à poser mes pieds nus sur le sol pour prouver que je ne dormais plus.

Je n'ai pas tout de suite compris s'il était en colère ou non.

« Tu as écrit un poème à Clemmy. Je l'ai vu. Elle me l'a montré. Elle n'a pas voulu me le faire lire, mais j'ai reconnu ton écriture. C'est vrai ?

— C'était un poème d'adieu, dis-je.

— N'essaie pas de me mentir, Henry. Elle m'a dit que c'était un poème d'amour.

— C'est seulement parce que je me suis inspiré de Shakespeare pour l'écrire. » Clayton secoua la tête. Je voyais qu'il se moquait de mes explications. « Eh bien, Henry, tu t'es ridiculisé en envoyant des lettres d'amour à une fille qui a trois ans de plus que toi. Tu n'en as que quatorze, ne l'oublie pas. »

J'étais complètement réveillé. J'avais peine à croire ce qu'il disait. « Elle a cru qu'il s'agissait d'amour ?

— A l'encre rouge sur du papier blanc ? répondit Clayton. Que croirais-tu à sa place ?

— Avant de lire ou après ?

— Je ne sais pas pourquoi tu juges utile de discuter avec moi, Henry. Je l'ai vu de mes propres yeux.

— Eh bien, si toi et Clemmy vous y tenez, oui, c'est vrai. »

Il fut très heureux de m'arracher cet aveu. « Je te le répète depuis le début. Mets-toi sous les couvertures, tu vas prendre froid. Peux-tu en rédiger un autre du même genre ? Enfin, pas tout à fait. Un peu plus triste. Pour dire au revoir à Clemmy.

— Je ne sais pas si je peux.

— Je lui ai promis de te le demander. Tu sais, elle a trouvé le premier très bien, il y a de quoi être fier. J'imagine que cela ne prend pas beaucoup de temps ?

— Il faut s'y mettre, le sentir très fort dans son cœur. »

Je voulais savoir quand Clemmy lui avait montré le poème et il finit par le dire. Elle était venue à la maison pendant que je me trouvais dehors avec Tante Eusie et elle lui avait glissé un mot lui donnant rendez-vous derrière l'église à 10 heures. Là, elle lui fit voir le poème et lui parla de mon amour secret pour elle. Ils rirent de moi un bon moment, puis au clair de lune ils décidèrent de s'aimer toujours et de me demander un autre poème pour exorciser la passion qui dévorait ma pauvre âme. Puis il la raccompagna chez elle où elle lui offrit un gage de sa fidélité, une ceinture que son grand-père avait portée pendant la bataille de Saratoga.

J'étais prêt à écrire. J'avais déjà en tête plusieurs rimes. Il m'apporta du papier, tailla la mèche de la lampe, ouvrit la fenêtre toute grande et sortit. J'écrivis un poème intitulé

« Plainte d'amour d'un ver maudit ». Il ne sonnait pas aussi bien que le premier, mais finalement j'en fus satisfait. Cette fois encore, je m'étais beaucoup inspiré de Shakespeare.

Tel un ver amoureux je me tords sur mon lit,
Je rampe sur le sol, mon sang s'épaissit.
Je dois mourir, je le sais, adieu
Pommes, crêpes, patates et poulets.

Pas une lueur d'espoir dans mon cœur enfiévré !
Telle une cloche brisée d'une tristesse infinie
Mon âme s'apprête à s'envoler
Pour un long voyage aux Enfers !

Ô Clytemnestre, ô mon frère Clayton,
Je sombre dans l'abîme funeste.
Bientôt je serai dans les bras de Satan,
Et vous danserez sur ma tombe.

Las, un jour mon âme s'éveillera
Pour lire ces mots d'amour dans vos yeux !

Je le donnai à Clayton le lendemain matin, il me demanda de le recopier comme le premier. J'apposai un sceau à la cire et il l'emporta chez les Burke.

Les bateaux transportant des marchandises arrivent et repartent de Saint Louis à n'importe quelle heure de la journée, mais les passagers embarquent toujours après le dîner, pour simplifier la vie de l'équipage et économiser un repas. Le *Jane Sure* leva l'ancre après 10 heures du soir, mes parents et tous les Burke agitaient des mouchoirs sur le quai. Quand j'ai mis le pied sur la passerelle, Clemmy m'a donné une enveloppe en me recommandant de ne pas l'ouvrir avant minuit. Je l'ai tâtée pour vérifier qu'elle ne contenait aucune araignée susceptible de me piquer, puis je l'ai glissée dans ma poche. J'étais ravi de partir, mais très triste de quitter papa et maman.

3

Notre pasteur, le révérend Basil Arthur Sweetvarnish, est un grand homme aux cheveux blancs, à la voix sonore. Clayton l'admire énormément. Il écrit un livre intitulé *L'Avenir de l'Amérique selon la volonté divine*, où il explique en vers tout ce qui doit arriver à notre pays. C'est un très gros livre. Tous les dimanches il supplie Dieu de lui accorder le temps d'achever cette longue œuvre à Sa gloire. Quelquefois, il nous en lit une partie dans son sermon.

Selon lui, les Américains ont pour mission de se multiplier et d'éliminer d'Amérique les Indiens et les incroyants étrangers qu'ils détestent plus que tout. Les Indiens sont nés ainsi, ils n'y peuvent rien, mais les autres doivent retourner dans leur pays et trouver la foi. Quant aux Peaux-Rouges, qu'ils aillent au Mexique et au

Canada s'ils veulent échapper à la colère divine.

Clayton est sûr que M. Sweetvarnish a entièrement raison : « Les Indiens sont des Indiens, les Américains des Américains, les étrangers des étrangers, et c'est un péché de les mélanger », aime-t-il à répéter quand le sujet vient sur le tapis. Il bout d'indignation quand il voit un Indien et un Blanc ensemble.

Le premier soir, Clayton, M. Otis et moi nous sommes allés au bar situé à l'arrière près des cuisines juste au-dessous de notre chambre, et il y avait là deux hommes en train de bavarder en français, un Indien et un Blanc. On ne vendait d'alcool ni aux Indiens ni aux mineurs, mais n'importe qui pouvait entrer dans le bar. Il parlait debout près du mur, la voix aiguë comme celle d'une fille. Grand, la peau sombre, les yeux couleur de fumée, une cinquantaine d'années environ. Il s'appelait M. Nowac et se rendait à Vermillion, dans l'Iowa. Clayton jura que cette langue n'était pas du français, que l'autre homme — M. Couteaux, je l'appris par la suite — était indien et que l'Indien ne l'était pas. Finalement il partit se coucher.

Cinq minutes après, M. Otis me souhaita bonne nuit, il voulait voir sa tante et écrire son journal. Je restai à regarder les gens jusqu'à la fermeture, puis je montai me promener sur le pont. Quoi de plus merveilleux que d'avancer sur le fleuve entre les arbres noirs, sous le grand ciel où brillent tels des cristaux les milliers d'étoiles, la lune blanche, éblouissante, le bateau illuminé comme un Opéra flottant, le sillon d'écume sur l'eau noire ?...

Je restai longtemps dehors à contempler le paysage, et il me vint à l'esprit que Clayton était inquiet à l'idée de s'aventurer dans l'inconnu. Il était armé, cela lui inspirait d'étranges pensées. Ses soucis lui firent oublier de m'envoyer au lit. Il avait un petit fusil avec un canon et un pontet serti de cuivre. Une arme lourde qu'il fallait charger à deux mains, une détente très dure.

Le ciel s'éclairait déjà quand je me souvins de la lettre de Clemmy dans ma poche. Je m'approchai d'une lampe pour l'ouvrir. Elle avait dessiné des cœurs aux quatre coins.

♡ *Cher Henry,* ♡

Je te remercie beaucoup pour les excellents poèmes écrits en mon honneur ces derniers jours. Ton frère les juge très bons lui aussi.

Même lorsque tu seras au loin, Henry, continue d'être un bon garçon et soumets-toi à ceux qui détiennent l'autorité, comme le dit saint Paul, et surtout à ton cher frère. Les saints et les anges s'en souviendront au ciel. Ne te fie pas trop à ton propre jugement, tu es jeune et tu ne possèdes pas encore une connaissance parfaite du monde et de ses tentations.

Un jour tu comprendras tout ce que je t'écris ici. Ah ! Seul Dieu sait déchiffrer les cœurs ! S'il t'arrivait quelque chose, je te pardonnerais tous tes péchés à mon égard.

Cordialement,

Clytemnestre.

Après avoir lu la lettre, j'allai me coucher. Notre cabine était petite, mais très confortable. Il y avait un tas de couvertures, le bruit des moteurs était régulier, apaisant. Il m'évoquait le roulement d'une charrette sur un long pont en bois.

Tante Eusie me réveilla avec un bol de bouillie d'orge — le menu habituel du petit déjeuner sur le bateau, une sorte de pâte salée au goût assez agréable. La salle à manger fermait à 8 heures et elle avait pris soin de m'en garder une portion. « Demain soir nous célébrerons les vêpres, dit-elle. M. Otis fera le sermon, Clayton dirigera les chants et le capitaine fermera le bar de 7 à 9. Tous les passagers ont assez de whisky pour tenir une heure, mais il est important d'interdire l'accès au bar. » Elle secoua l'extrémité de ma couchette. « Debout, paresseux. J'ai besoin de tes services. » Elle se retint de me chatouiller la plante des pieds, par pudeur, et à cause du bol de céréales posé sur mon ventre.

Elle voulait que je fasse le tour du bateau

pour annoncer les vêpres. Elle avait préparé un petit discours que je devais réciter : « Excusez-moi, un office aura lieu sur le pont arrière demain soir à 7 heures. » Si les passagers désiraient en savoir plus, je leur demanderais de m'indiquer leurs hymnes préférées.

Elle me laissa, je m'habillai et me mis aussitôt au travail. J'avais l'intention de faire le tour du balcon supérieur, de frapper à toutes les portes pour transmettre mon message, puis d'aller boire une tasse de café qui coûtait deux *cents*, de me rendre sur le pont intermédiaire et enfin de me mêler aux joueurs de cartes réunis autour des tables à tréteaux à l'arrière, juste devant le bar. Je venais à peine de commencer quand nous heurtâmes un écueil.

Le Missouri est un fleuve changeant. Les rochers, les souches, même les trous se déplacent en avril, à la fonte des neiges, et on ne peut jamais prévoir à quel obstacle on va se cogner. En général, le bateau franchit l'écueil et poursuit sa route avec seulement quelques palettes brisées. Si le récif est trop important, il s'arrête comme devant un mur et le contourne.

Je crus que tout allait voler en éclats, je fus projeté à cinq mètres, dans les bras de l'Indien, M. Nowac, qui arrivait en haut des escaliers. Il me demanda si j'étais blessé, je dis que non, aussi il me laissa là et poursuivit son chemin. Je pensai que l'avant du bateau était détruit et que nous allions couler, mais cette fois-là nous eûmes de la chance.

Quatre ou cinq kilomètres plus loin nous passâmes près du *Rowena*, aujourd'hui encore la plus gigantesque épave du fleuve, à moins que les glaces ne l'aient brisée l'hiver dernier. Elle était entièrement renversée sur le côté gauche, on ne voyait qu'un bout du pont supérieur et le haut de quelques hublots. Mon voisin affirma qu'il transportait un chargement de mercure et d'ardoises, mais il fut contredit par un autre passager appuyé au bastingage. La peinture était comme neuve, je me demandai à quoi ressemblait le bruit de l'explosion de la chaudière dans les glaces.

Presque tout le monde jouait aux cartes sur le bateau, certains ne s'interrompaient qu'aux heures des repas. Je vis un nommé Thomas Hesterswine qui en une nuit avait gagné quatre cents dollars au rami du Maine. Il avait entassé l'argent dans un sac en peau de porc sur ses genoux et affirmait ne connaître aucun autre jeu. Simplement, la chance lui avait souri. « Inutile de me demander de faire une autre partie, disait-il. Je suis très heureux d'abandonner. » Les autres essayaient de le convaincre de continuer pour donner aux perdants une chance de récupérer une partie de leur argent ou dans l'espoir que la chance allait tourner. Je n'ai jamais vu quelqu'un d'aussi triste, pourtant la pile de billets semblait le réconforter.

Samedi à minuit, alors qu'il avait gagné près de neuf cents dollars, ses partenaires lui permirent de s'arrêter en l'honneur du sabbat mais ils lui firent promettre de recommencer le dimanche au coucher du soleil. Je passai la plus grande partie de la journée dans la salle des machines et je ne le revis pas avant le dîner. Il paraissait malheureux mais mangeait de bon appétit.

Dimanche après-midi, Tante Eusie découvrit un harmonium dans la soute et le fit transporter sur le pont avant où elle se mit à jouer. Un vent froid soufflait mais elle ne se découragea pas, on l'entendait à l'autre bout du bateau. A l'office du soir, presque tous les passagers vinrent. Clayton chanta si fort que les oiseaux effrayés se turent à un kilomètre à la ronde. Tout le monde l'accompagna en chœur, c'était magnifique. M. Otis lut ensuite l'épître de saint Paul : nous sommes de passage sur cette terre, tous les hommes sont des exilés.

Il était triste, dit-il, d'être loin de chez soi comme le peuple d'Israël à Babylone et en Égypte, sur lequel Dieu avait veillé car il avait gardé foi en Lui. M. Hesterswine, juché sur une caisse, buvait les paroles de M. Otis et paraissait souhaiter que le sermon ne finît jamais.

Le pasteur raconta alors l'histoire de Hanna que Clayton lui avait répétée et dont il ne mettait pas en doute la véracité, ce qui montre à quel point un simple mensonge peut se transformer en parole sainte. L'innocente fille enlevée par des sauvages s'était épanouie car elle avait en elle assez de force morale, elle était devenue une coureuse exceptionnelle, célèbre chez les Indiens. Il ajouta qu'elle était grande et belle ; même un prêtre, qui plus que tout autre sait aller au fond des choses, est capable d'embellir un récit sans même s'en apercevoir.

Quand il commença à parler de Hanna, plusieurs incidents étranges se produisirent. M. Nowac, debout dans le fond, s'éclipsa et M. Hesterswine se mit à hocher la tête comme s'il connaissait la fillette. Cela dura un bon moment, je me demandai s'il l'avait rencontrée. Son attitude m'intriguait.

Le sermon s'acheva, les fidèles chantèrent une hymne puis se dispersèrent à la recherche de partenaires pour jouer aux cartes. Cinq ou six hommes s'approchèrent de M. Hesterswine, qui parlait avec M. Otis. J'étais curieux d'écouter leur conversation et je me joignis à eux.

Il félicitait le pasteur pour son magnifique prêche, qui reflétait si admirablement la réalité, il pouvait en témoigner par sa propre expérience. M. Otis répondit qu'il s'en réjouissait infiniment et le remerciait de tout son cœur. La foule de joueurs de cartes devenait plus nombreuse, mais M. Hesterswine poursuivit :

« J'ai entendu parler de cette fille, dit-il, je l'ai même vue. L'année dernière, dans le Sud des Badlands, un peu au nord de Coker's Crossing. Vous connaissez la région ? »

M. Otis n'y était jamais allé, et ils se mirent à parler des Badlands. J'avais réussi à me frayer un chemin jusqu'à lui et je penchai ma tête pardessus son épaule :

« Vous avez parlé à cette fille ? » demandai-je.

Il secoua la tête :

« Je ne sais ni le français ni la langue des Indiens.

— A quoi ressemble-t-elle ?

— Elle s'habille comme une Indienne. La plupart des gens croient qu'elle est à moitié blanche. Une belle enfant malgré tout ce qui lui est arrivé ; bien sûr, sa peau a foncé à cause de la vie en plein air, mais elle se tient très droite, comme si elle était blanche.

— Quelle taille environ ?

— Je ne sais pas exactement. Je ne l'ai jamais vue de très près, mais ce que dit le révérend Otis est parole d'évangile. C'est un miracle qu'une fille comme elle ait gardé la foi en vivant parmi les sauvages. Comme les Juifs en Arabie. Dieu vient en aide à Ses créatures. Et elle nage comme un poisson ! »

Un grand homme avait posé la main sur l'épaule de M. Hesterswine, qui ne lui accorda aucune attention. Je me demandais s'il mentait ou non.

« A quelle distance l'avez-vous vue ? dis-je.

— De l'autre côté de Cherry River », répondit-il. Il se pencha en avant comme pour s'enfuir.

« C'est un fleuve très large ?

— Pas très pour cette partie du pays. »

Je m'apprêtais à lui poser une autre question, j'ai oublié laquelle, quand brusquement il se glissa entre M. Otis et moi et disparut, rapide comme un lézard. Il faisait presque nuit, seule la lueur de la lune et des lampes à l'avant du bateau nous éclairait, aussi je ne pus voir où il se dirigeait. Le grand type en face de nous resta comme pétrifié, la main en l'air, une expression stupéfaite sur le visage.

Cette nuit-là je me réveillai vers minuit. Clayton ronflait, je voyais à travers les lattes de la porte un clair de lune éblouissant. Je décidai de m'habiller et d'aller prendre un bol de soupe au bar. La veille du Nouvel An c'est la tradition, chacun fait un vœu avant de boire sa soupe et je pensai que l'occasion en valait la peine.

J'emportai mon bol sur le pont avant, où je trouvai M. Hesterswine au milieu des marchandises. Une jambe posée sur le bastingage, il se tenait à la rambarde et regardait l'eau noire et glacée. Je le saluai, nous restâmes silencieux un long moment, puis j'observai :

« Il fait froid, cette nuit. »

Il continua de fixer le fleuve.

« L'eau est certainement très froide », dis-je encore.

Nous nous trouvions à un mètre à peine au-dessus de la rivière, je voyais qu'il hésitait à sauter. De sa main libre, il tenait une bouteille de whisky et de temps en temps il buvait au goulot.

« Vous avez eu beaucoup de chance aux cartes. »

Il secoua la tête :

« Je n'avais pas besoin de gagner tout cet argent en si peu de temps. C'est entièrement leur faute. Ils entassaient leurs billets sur la table, ça n'arrêtait pas.

— Il paraît que vous avez gagné neuf cents dollars. »

Il but une gorgée d'alcool. « Normalement la partie aurait dû durer jusqu'à Saint Joseph. Tu vois une cheminée allumée là-bas ? »

Je ne voyais rien mais je ne le dis pas. « La rive est assez loin...

— Pas tant que ça, répondit-il en plissant les yeux. Je vais te charger d'une mission, je te donnerai dix dollars en or. Demain matin tu raconteras aux passagers que tu sors de ma chambre, le numéro 216 à gauche, au dernier étage, et que pour dix *cents* tu m'as apporté le petit déjeuner. »

Je secouai la tête. « Je ne crois pas que je peux faire ça. Merci quand même. »

Un jour, mon père m'a dit de ne jamais courber l'échine devant un homme. Mentir pour le plaisir est moins criminel, me semble-t-il, que de mentir pour de l'argent. C'est perdre entièrement sa dignité.

Nous approchions de la maison, construite sur un petit promontoire à droite du fleuve, si près qu'on aurait pu la toucher de la main. M. Hesterswine enjamba le bastingage, s'accroupit et sauta dans l'eau. Il poussa un léger « Oh ! » et se mit à nager. J'essayai de le suivre des yeux pour voir s'il atteignait la rive, mais il faisait trop noir, nous nous éloignions rapidement de lui. Je ne m'inquiétais pas outre mesure. Il était mince mais plein de force, il n'avait pas bu au point de ne pouvoir franchir quarante mètres à la nage.

Ma soupe était déjà froide mais je restai là, me demandant ce qui se passerait si mon mensonge se réalisait. Je pensai à Hanna qui avait quinze ans aujourd'hui et vivait parmi les

Indiens ; je me mis à sa place, me demandant ce que je ferais si Clayton se glissait une nuit sous ma tente pour me réveiller et m'annoncer qu'il venait me sauver et me ramener à la ferme. Me rappellerais-je assez de mots d'anglais pour comprendre ses paroles, accepterais-je de m'enfuir avec lui ? Comment redevenir Blanc après avoir été Indien pendant neuf ans ?

Puis le vent se mit à souffler avec violence, je retournai me coucher sans avoir fait de vœu.

Il n'arriva plus grand-chose pendant le reste du voyage. A quelques kilomètres de Saint Joseph le bateau coula. J'avais passé le plus clair de mon temps à jouer aux cartes avec Tante Eusie, à contempler le paysage ou à lire les pièces historique de Shakespeare. Je ne voyais guère Clayton, il était constamment en train de parler avec M. Otis. Quand je le rencontrais aux repas, il me regardait sans rien dire.

Tard le soir du 8 mai, je finissais notre avant-dernière partie quand nous heurtâmes un écueil. « Je viens de gagner quatre cent cinquante dollars », dit immédiatement Tante Eusie. Il nous restait trois cartes à jouer, puis nous rassemblâmes le paquet et nous sortîmes. Il y avait beaucoup de remue-ménage, des gens accouraient du pont inférieur, se précipitaient dans leurs cabines pour prendre leurs bagages puis repartaient vers le haut. L'équipage éteignait les lampes pour éviter un incendie, il faisait très noir, la vapeur sifflait sans arrêt. Nous restâmes un moment au balcon, puis Tante Eusie me dit d'aller chercher mes affaires — deux chemises, une veste, des caleçons, un chapeau de voyage, un couteau, des bottes imperméables, mon volume de Shakespeare, le tout dans un seul sac — et de revenir dans sa chambre pour faire une autre partie. Avant que j'aie le temps de m'exécuter, Clayton arriva avec tout notre matériel, enragé comme un pirate. Le naufrage l'avait mis au bord de la crise de nerfs, bien qu'il fût un très bon nageur.

« Il faut que je te parle, Henry », dit-il, et Tante Eusie nous proposa d'aller dans sa cabine. Une fois à l'intérieur, Clayton referma la porte et m'ordonna de m'asseoir. « Je suis bouleversé, Henry ! s'écria-t-il. Tu veux savoir pourquoi ? A cause de l'état de ton âme. Le Seigneur n'aime pas les hypocrites, tu le sais, Henry, il leur mène la vie dure. » Il me regardait droit dans les yeux comme le révérend Sweetvarnish quand il voulait chasser le démon qui habitait sa vache. « Le faux témoignage penche très fort dans la balance du ciel, tu le sais, n'est-ce pas ?

— Certainement, dis-je.

— Les hypocrites et les menteurs sont une abomination pour Dieu, et il crache dessus comme sur de la vermine. »

Je hochai la tête, me demandant où il voulait en venir.

« Eh bien,comment vas-tu réparer ta faute ?

— Clayton, je ne comprends pas de quoi tu me parles », dis-je.

Il tira mes poèmes de sa poche, puis les y remit. « Tu le sais parfaitement.

— Je ne savais pas que tu avais des doubles.

— Eh bien, il y a des choses que tu ignores, c'est une véritable honte. Clemmy les a recopiés de sa propre main et je viens de les montrer au révérend Otis il y a cinq minutes à peine. Il a éclaté de rire. J'y ai jeté un coup d'œil pour comprendre la raison, aussi évidente que le nez au milieu de la figure : tu parodies ce qu'il y a de plus sacré !

— Clemmy et moi nous avons eu une aimable querelle, c'est tout, dis-je. Si j'avais su qu'elle les prendrait au sérieux, je ne les aurais jamais écrits.

— Tu aimes trop discuter, Henry, c'est ça la vérité ! s'écria Clayton.

— Je ne te contredirai pas là-dessus, dis-je. Je compte sur ta miséricorde.

— Ne plaisante pas, Henry. Tu as osé te moquer du nom sacré de l'amour.

— Je ne lui ai pas demandé de me croire ! Elle n'a même pas pris le temps de les lire. Elle a vu le mot amour, elle a pensé qu'il s'agissait de poèmes d'amour.

— Écrits à l'encre rouge.

— Nous avons seulement de l'encre marron à la maison. »

A ce moment l'écueil céda sous le poids du bateau et de l'eau qui y avait pénétré, et le courant commença à nous entraîner vers le bas du fleuve.

« C'est tout ce que tu trouves à dire en un instant pareil ? s'exclama-t-il en hochant violemment la tête. Tu as utilisé de l'encre marron qui paraît rouge dans l'obscurité et ça justifie tout ? C'est ainsi que tu te défendras devant Dieu ?

— Pour l'instant, nous sommes sur un bateau, Clayton.

— Oh, tu as tort, Henry. Nous ne pouvons oublier ce qui est en train de nous arriver. Bientôt peut-être nous nous trouverons face à Dieu, nous devrons répondre de nos actes sur terre. Et je vais te dire ceci : Quoi qu'il arrive, elle ne saura jamais par ma bouche que tu lui as menti, je le jure. Je pourrais te renvoyer à la maison, Henry. Je suis responsable de toi, tu le sais. Il y a tous les jours des bateaux qui descendent le fleuve. »

A ce moment, la chaudière explosa, la porte fut arrachée à ses gonds et notre conversation interrompue.

4

L'explosion de la chaudière impressionna tout le monde. Des échelles étaient posées entre le balcon et le toit de chaque côté du bateau, les passagers les escaladaient le plus vite possible, et l'équipage avec. Tante Eusie, M. Otis, Clayton et moi nous fûmes parmi les derniers car le pasteur avait trente-six livres de grandeurs différentes qu'il fallait ranger très minutieusement dans sa valise. Les gens s'entassèrent à l'arrière du bateau, le plus loin possible du trou, aussi nous allâmes nous installer près de la timonerie, à l'avant.

Il n'y avait plus de vapeur, donc plus de sifflement. A part le martèlement des sabots des chevaux, c'était le silence. On les avait libérés pour leur permettre de nager jusqu'à la rive s'ils le voulaient.

C'était le premier naufrage auquel j'assistais, en dehors de celui du début de *La Tempête* de Shakespeare. Dans cette scène, les marins s'agenouillent pour prier tandis que les passagers courent dans tous les sens, la moitié du navire est dans l'eau, la catastrophe survient en un éclair.

Sur le *Jane Sure*, les choses se passèrent beaucoup plus lentement. Le bateau s'enfonça peu à peu dans le fleuve, décrivant des cercles, entraîné par le courant, j'avais l'impression que les étoiles tournaient dans le ciel. Il n'y avait pas de raison de s'inquiéter, le fond du bateau était plat et le Missouri n'avait guère plus de six mètres de profondeur à cet endroit. Si l'accident s'était produit au-dessus d'un trou, le danger aurait été beaucoup plus grand. Je fis encore quelques parties avec Tante Eusie au clair de lune, mais le cœur n'y était plus et nous arrêtâmes bientôt. Je pensais à sa malle dans la soute, sur le côté gauche du bateau qui devait être plein d'eau, et je voyais qu'elle y songeait elle aussi.

M. Otis et Clayton parlaient de Paris. Mon frère était persuadé que, la Chine mise à part, cette ville avait le plus grand besoin de religion du monde. L'ennui, disait-il, c'était que dans ce pays tout le monde parlait français. « S'ils connaissaient l'anglais, ils comprendraient les mêmes mots que nous et nous lirions la même Bible. » Il avait tout à fait raison, bien sûr. « Maintenant que j'ai la vocation, je suis prêt à étudier n'importe quelle langue étrangère s'il le faut. » M. Otis était allé à Paris dans sa jeunesse et il dit que c'était une ville très diverse. Clayton la compara à un champ de blé mûr, le pasteur à une vigne à la veille des vendanges.

J'interrogeai Tante Eusie sur Buffalo, elle me raconta des histoires sur les gens qui habitaient la rue de son beau-père. J'avais l'impression en la regardant que le toit du *Jane Sure* était son salon ou un parc privé, tant elle paraissait s'y sentir à l'aise. Même Clayton interrompit sa conversation pour l'écouter.

Nous cessâmes de parler quand le bateau échoua sur la rive droite du fleuve, sous un chêne qui se dressait sur la pente. Juste après, le capitaine sortit par la porte de la timonerie, vêtu de son uniforme. « Que s'est-il passé ? » demanda-t-il, question qui n'appelait aucune réponse.

Nous nous levâmes tous. « Vous pouvez garder les quatre cent cinquante dollars que vous me devez jusqu'à notre arrivée à Saint Joseph, dit Tante Eusie. J'y tiens absolument. »

Il leva les yeux au ciel et commença à

s'éloigner. « Le *Jane Sure* traverse une mauvaise passe, murmura-t-il, mais du moins il n'a pas coulé. » Quand il prononça le mot « coulé », il se trouvait déjà à trois mètres de nous. Le bateau penchait énormément, mais le capitaine marchait avec beaucoup de dignité, comme au milieu d'une plaine.

« Il va essayer de toucher vos dix dollars et de ne pas payer les quatre cent cinquante qu'il vous doit », dis-je à Tante Eusie.

Elle me regarda en faisant les gros yeux. « Eh bien, Henry, tu m'étonnes beaucoup en disant cela ! » s'exclama-t-elle, mais je sus à son ton qu'elle n'était pas du tout surprise.

« Il sera obligé de vous payer à la fin, non ? demandai-je.

— Non, dit-elle, mais il le fera. C'est un homme honorable.

— Pourriez-vous le traîner en justice s'il refusait de vous dédommager ? »

Elle secoua la tête. « Je n'irais jamais jusque-là, même pour neuf cents dollars. Ne t'inquiète pas.

— Peut-il prétendre que le bateau n'a pas fait naufrage ? »

Elle sourit. « Il dira que le soir du 8 mai le *Jane Sure* a touché le fond du fleuve et n'a pas pu poursuivre sa route, c'est tout. »

Je pris alors la décision de descendre dans le

compartiment de la cale où se trouvait la malle de Tante Eusie et de la récupérer avant que le capitaine Fountain ne s'en charge. Je vis plusieurs lanternes s'approcher sur la rive et je me dépêchai, bien que je fusse persuadé que personne ne monterait à bord avant le jour.

Le bateau penchait dangereusement à gauche, aussi je descendis par les échelles posées sur la droite. Arrivé sur le balcon supérieur, je me dirigeai à tâtons vers les escaliers et parvins à l'étage intermédiaire. Maintenant il faisait noir comme dans une cave. Je décrochai une lampe, espérant trouver une allumette avant de pénétrer dans la salle des machines. J'étais sûr que le pont inférieur était sous l'eau, aussi je retirai mes chaussures et les suspendis à mon cou.

J'avais décidé que, si le niveau de l'eau dans la soute atteignait mon cou, je renoncerais à mes recherches. Le pont était sec sous les escaliers et j'hésitai un moment, réfléchissant à la meilleure façon d'entrer dans la soute. Brusquement M. Nowac surgit, venant de l'avant du bateau, une lanterne à la main. Je pensai aussitôt qu'il voulait voler quelque chose. N'importe quel Blanc aurait eu la même idée que moi, j'en ai honte à présent, car il a su me prouver son courage. Il venait chercher trois pièces de soie qu'il emportait dans le Nord pour les vendre.

Je ne lui posai pas la question, mais il crut

certainement que j'étais aussi un voleur à l'affût. Peut-être y avait-il là, caché dans l'ombre, un vrai brigand qui riait de nous. M. Nowac me fixa une minute et je dis, mal à l'aise : « Je cherche une allumette pour ma lampe. » Il se contenta de hocher la tête. J'expliquai que mon amie Mlle Eusebia Otis de Buffalo, New York, avait une malle de l'autre côté du bateau que je voulais récupérer.

« Cette partie-là est sous l'eau », répondit-il de sa voix au timbre aigu, mais je lui assurai que je voulais tenter l'expérience et le priai de me donner des allumettes. Puis je lui proposai de l'aider à retrouver ses colis entreposés dans la partie la plus proche de la cale. Il refusa.

Nous étions tout près de la salle des machines. En haut du mur situé face à la chaudière se trouvaient deux trappes donnant sur la soute. Mon compagnon escalada prestement l'échelle qui craqua sous son poids et ouvrit celle de droite.

La pièce offrait un curieux spectacle après l'explosion. Le coffre en bois était largement fendu, le sol jonché de bûches, d'éclats de verre, d'outils, les murs éclaboussés d'eau rouillée. Un cheval se tenait là, sans doute persuadé d'être dans une écurie. Pourtant l'endroit paraissait assez propre. Naturellement on pataugeait dans l'eau glacée, mais ce n'était pas si désagréable. Pieds nus, je craignis de me blesser.

M. Nowac ouvrit le loquet en bois et rampa à l'intérieur de la cale. Je le suivis avec ma lanterne. Il y avait une plate-forme, puis un étroit escalier qui descendait dans la soute. Le plafond était assez bas et l'eau atteignait soixante centimètres, mais la soie avait été rangée à l'abri sur une étagère, avec une étiquette jaune. Il récupéra les trois paquets et les porta en haut avec un bruit d'éclaboussures.

C'était un homme saisissant par sa taille, par son visage et ses yeux couleur de fumée. Il était différent des autres. Quand je le regardai revenir chargé des pièces de soie, je songeai de nouveau à Hanna et je l'imaginai emportant ma cousine dans ses bras, au cœur de la nuit. Je le vis penché sur elle pour la réconforter, l'embrassant comme un père, la jetant par-dessus une falaise.

Je redescendis de l'échelle pour l'aider, mais il se débrouilla sans moi. Quand il arriva en bas, il posa les colis et les ouvrit un par un pour s'assurer que le tissu n'était pas abîmé. Il y avait différentes couleurs — or, noir et blanc à fleurs. Il semblait attacher beaucoup de prix à cette soie.

Nous pénétrâmes de la même façon dans l'autre partie de la cale où il y avait beaucoup d'eau. J'en aurais jusqu'aux épaules. « Je ne sais pas la taille de la malle, dis-je, je ne l'ai jamais vue. Mais elle porte sûrement une étiquette.

— Vous êtes certain qu'elle se trouve ici ? me demanda-t-il.

— J'étais avec Tante Eusie quand elle a expliqué toute l'affaire au capitaine. Peut-être est-elle trop lourde pour flotter. »

Je posai la lanterne sur la plate-forme puis je me déshabillai afin de ne pas mouiller mes vêtements. Quand je fus dans l'eau, c'était presque insupportable. Le principal était de retrouver la malle. Je craignais qu'elle ne fût entièrement immergée.

Je longeai le côté le moins profond, regardant les étagères et tâtant les objets sous mes pieds. J'imaginais parfaitement à quoi ressemblait la malle. J'étais sûr qu'elle était en bois sombre avec des poignées et des coins en cuir. Je me trompais complètement.

Ensuite j'inspectai l'autre moitié de la pièce, où je la découvris aussitôt derrière un sac en toile rempli de pics et de pelles. Je dus la tirer sur le côté pour pouvoir la dégager. J'avais les bras et même la tête dans l'eau pour accomplir ce travail mais je n'y pensais pas.

La malle ne flottait pas, mais je parvins à la déplacer sans difficulté. Pendant une minute je restai immobile, cherchant comment la hisser sur la plate-forme, puis la redescendre en bas de l'échelle dans la salle des machines. Je n'y parviendrais jamais seul, mais je ne voulais rien demander à M. Nowac. Brusquement j'eus une idée. Au fond de la pièce se trouvait une porte cadenassée de l'intérieur, utilisée pour le chargement. Il me suffisait de tirer la malle jusque-là, d'ouvrir le verrou et de me diriger vers le haut du bateau. Bien entendu, je ne me rhabillai pas pour cette opération.

Quand j'arrivai sur le pont, je redressai la malle contre le bastingage pour la vider de son eau. Elle était très grande, avec des poignées en bronze, des coins en cuivre et un couvercle qui descendait à mi-hauteur. Les coutures étaient très serrées, aussi elle ne s'était remplie d'eau qu'à moitié et les tiroirs supérieurs avaient été préservés. Je restai là un instant, enchanté de voir l'eau s'écouler.

Je m'apprêtais à retourner dans la salle des machines pour remettre mes vêtements quand Clayton se pencha au premier balcon et me demanda ce que je faisais nu au clair de lune. «Je t'interdis de me répondre. Rhabille-toi immédiatement. Je ne t'adresserai la parole que quand je te verrai dans une tenue correcte.

— Je ne voulais pas les mouiller et je n'ai pas froid, répondis-je. On a de l'eau jusqu'aux épaules là-dedans. On ne peut même pas garder un chapeau.

— C'est la malle de Mlle Otis ? Non ? Tu es cinglé, Henry, vraiment cinglé, il n'y a pas d'autre mot.

— Je n'avais pas d'autre moyen de la récupérer, dis-je. Je n'ai pas vu l'intérêt de tremper mes vêtements quand je pouvais me débrouiller autrement.

— Tu couvres la famille de honte pour une étrangère ! s'écria-t-il. Mets-toi quelque chose sur le dos, je ne veux plus te parler.

— Personne ne me voit », répliquai-je, ce qui était vrai car la lune avait disparu derrière le bateau et il commençait à faire jour. Clayton se trouvait à quelques mètres de moi, il me distinguait à peine. Il avait des raisons d'être nerveux, une foule de gens s'attroupait sur la rive. J'étais curieux de savoir combien d'entre eux étaient presbytériens et allaient se réjouir de l'arrivée de leur nouveau pasteur car il est dit que « la venue des prophètes élève les cœurs des justes », mais je ne citai pas la phrase à mon frère, terrifié à l'idée qu'on puisse me voir. Les gens arrivaient par charrettes entières, je risquais de provoquer un scandale. Je laissai Clayton en plan pour retourner dans la salle des machines dont je refermai soigneusement la porte. La lanterne allumée était toujours là, M. Nowac avait disparu. En cinq minutes je fus sec et pus remettre mes vêtements sans les mouiller. Puis je m'assis près de la lampe, songeant à la malle qui s'égouttait, à Tante Eusie. Je fis semblant de boire une tasse de café chaud et de fumer un cigare. Si Clayton m'avait vu à ce moment-là il m'aurait envoyé directement à l'asile.

Quand je revins sur le pont, il faisait jour. Je distinguais les charrettes dans la brume, sur la falaise qui devait avoir six mètres de haut. J'entendais les gens parler clairement et s'appeler du bateau à la rive. Quelqu'un poursuivait une petite fille qui riait, tout essoufflée, et semblait s'amuser beaucoup.

La malle de Tante Eusie était presque entièrement vidée de son eau et je décidai de l'emporter sur le balcon supérieur.

Bientôt on lancerait une passerelle entre la falaise et le bateau, qui se trouvaient presque à la même hauteur. Il y avait deux barres de cuivre sous la malle, les marches n'étaient pas trop raides, je pourrais la hisser peu à peu en me reposant de temps en temps.

Je la laissai en haut de l'escalier avec l'étiquette bien visible et je partis à la recherche de Tante Eusie. Le soleil n'était pas encore levé mais il faisait très clair. Tout le monde s'agitait sur le toit, certains quittaient le bateau en grimpant dans le chêne sous lequel nous avions échoué. Un boulanger était venu de Saint Joseph avec un chargement de pain. Je vis un homme avec deux miches sous le bras redescendre dans l'arbre et distribuer des quignons à ses amis. La cuisine du *Jane Sure* était sous l'eau.

Tante Eusie se tenait près de la timonerie, regardant vers la falaise. Quand elle me vit, elle vint me prendre la main : « Clayton m'a raconté que tu avais sauvé ma malle. Je t'en remercie infiniment, Henry », dit-elle. Mon frère était là, il déclara qu'il était ravi de me voir habillé et espérait que je n'avais pas pris froid. Il essayait de paraître très paternel, c'était gentil.

Avec le jour, quelques passagers descendirent dans la soute pour juger de l'état de leurs bagages. Les propriétaires de chevaux furent les premiers à s'en soucier. M. Couteaux, le marchand français, en possédait deux, M. Nowac l'accompagnait. Il passa près de moi mais ne m'accorda aucune attention. Je racontai à Tante Eusie notre rencontre dans la cale, je lui décrivis les pièces de soie.

« Il doit avoir beaucoup de femmes, dit-elle.

— S'il a de la soie, c'est pour la vendre », intervint Clayton, et il avait raison. M. Otis pensa qu'il rapportait un paquet pour chacune de ses épouses. « Ce serait vrai s'il était le chef du clan, reprit Clayton, mais dans ce cas il aurait plus de trois femmes. »

Tante Eusie m'avait lâché la main, elle regardait vers la falaise. Je pensai qu'elle cherchait M. Johnson et je lui demandai si elle comptait le retrouver à Saint Joseph.

« Je lui ai écrit le 20 avril, le jour où nous avons acheté les billets, dit-elle. Il travaille surtout à Kanesville, à cinq ou six jours de voyage d'ici. Peut-être n'a-t-il pas encore reçu ma lettre.

— Elle est sans doute encore dans le sac postal posé dans le bureau du capitaine », dis-je.

Tante Eusie hocha la tête en souriant, puis elle parla d'autre chose :

« Ma robe de mariage se trouve dans le couvercle de la malle, Henry, enveloppée dans de la gaze et du papier de soie. Je veux me rendre à Saint Joseph maintenant et trouver mon oncle M. Pewbrace. Comme elle a pris l'eau, plus tôt nous l'ouvrirons, mieux cela vaudra. Au fond se trouvent deux petits sacs de camphre teinté. Cela risque de produire de terribles dégâts dans ma garde-robe. La journée va être ensoleillée. Voici la clef de la malle. Dès que la passerelle sera en place, transporte-la avec Clayton sur la falaise, ouvre-la et fais-en sécher le contenu. Ce bout de prairie là-haut me semble un endroit parfait. Si vous ne réussissez pas à ouvrir la serrure, arrachez le couvercle comme vous pouvez. M. Otis et moi nous serons de retour avant la fin de la journée pour vous chercher. Bien sûr, je vous paierai tous les deux pour votre gentillesse.

— Nous le ferons simplement pour le plaisir, dit Clayton. D'ailleurs, vous aurez besoin de tout votre argent si le capitaine ne rembourse pas ses dettes.

— Les hommes d'honneur paient ce qu'ils doivent s'ils le peuvent, répondit-elle. Et ne vous inquiétez pas, nous vous retrouverons de toute façon. Si la prairie ne vous convient pas, allez ailleurs. Peut-être pourriez-vous aussi sécher la malle. Et achetez du pain au boulanger, sinon vous aurez faim. Je sens l'odeur depuis une heure. »

Immédiatement, Tante Eusie et le révérend Otis se dirigèrent vers l'arrière du bateau, grimpèrent dans le chêne et s'élancèrent sur la pente. C'était un étrange spectacle. Jamais je n'avais vu une femme dans un arbre auparavant. Puis nous prîmes nos affaires. Au bout d'une heure, la passerelle fut installée et nous portâmes la malle, moitié en marchant, moitié en courant, jusqu'au pré indiqué par Tante Eusie. La clef fonctionna mais je dus redescendre sur le bateau, il me fallait une barre en métal pour soulever le couvercle en cuir renforcé par une plaque de cuivre, doublé de tissu à l'intérieur, tant il était imprégné par l'humidité.

La malle sentait plus fort qu'une chambre mortuaire et me rappela les enterrements des victimes du choléra. Le camphre était intact, mais la teinture avait taché les vêtements, surtout dans le fond. Je m'occupai d'abord de la robe de mariage. Le papier de soie était mouillé, je le retirai sans difficulté. La gaze était mouchetée de pourpre, comme l'empiècement de la robe. J'étendis tout sur l'herbe, puis j'allai jeter le papier de soie dans la rivière et j'en profitai pour me laver les mains.

Dans le même casier se trouvait un volume de dessins de M. Johnson : des croquis de fleurs et d'arbres, un paysage au bord du Missouri, des portraits d'Indiens, de trappeurs et de voisins de Kanesville. En bas de chaque dessin il y avait une légende.

Nous démontâmes la malle de notre mieux. Puis Clayton alla chercher du pain et de la soupe. De ma vie je n'avais rien mangé de meilleur. Il était de très bonne humeur, ce que je trouvai remarquable de sa part car ce genre de corvée — étendre des vêtements de dame dans un pré ! — ne correspondait absolument pas à ses idées.

L'odeur de camphre s'élevait tel un sacrifice à Dieu, comme le dit le révérend Sweetvarnish à propos de l'offrande du dimanche. Nous attendîmes Tante Eusie. Nous étions à deux cents mètres de l'endroit où le bateau s'était échoué dans la boue, elle ne pouvait pas nous manquer. Un peu après midi, elle revint avec M. Otis. Il n'y avait pas de message de M. Johnson à Saint Joseph et Tante Eusie ne parut pas se soucier des taches pourpres sur l'empiècement de sa robe.

5

M. Titus Pewbrace, l'oncle de Tante Eusie et de M. Otis, était venu avec eux pour récupérer la malle et nous emmener jusqu'à la ville. Il avait une calèche neuve et de splendides chevaux. C'était un grand homme avec un front bossué, aux sourcils touffus, qui le faisaient ressembler à un arbre. Il portait des costumes noirs de coupe française et la nuit il enfilait des pyjamas chinois jaunes ou orangés, un long peignoir de soie avec une ceinture décorée et un col capitonné. C'était un personnage absolument fascinant.

Il nous déclara aussitôt qu'il était né « pour répandre la joie et chasser l'ignorance autour de lui ». Il aimait beaucoup son bétail, donnant à ses chevaux et à ses mules du grain et du foin, été comme hiver. Il n'avait pas un cheveu sur le crâne. « Je peux couver des œufs d'oiseaux dans mes sourcils, mais dès que les oisillons éclosent ils tombent sur mes genoux », raconta-t-il.

Nous fîmes connaissance en pliant les affaires de Tante Eusie pour les ranger dans la voiture et avant même de partir Clayton lui annonça qu'il voulait être pasteur. « Quand la chaudière a explosé, j'ai entendu la voix de Dieu », dit-il. M. Pewbrace fut très heureux de cette nouvelle. « Clayton, mon ami, s'écria-t-il, tu vas m'aider à devenir meilleur », et il passa tout le trajet à lui poser des questions sur ses projets. Clayton lui confia aussi qu'il avait l'intention d'épouser Clemmy Burke, une fille formidable.

« Je ne lui ai pas encore demandé sa main, mais je suis sûr qu'elle dira oui. » Cela paraissait évident à ce moment-là et cette vision inspira à mon frère de nombreux moments de bonheur.

Saint Joseph n'a que quatre-vingts hectares de superficie et la plupart des gens se contentent d'y passer en allant en Californie, dans l'Iowa ou le Dakota. Les rues sont pleines de marchands, d'Indiens et de personnes en costume oriental, on y entend beaucoup le français. La ville a été fondée il y a cinq ans par M. Joseph Robidoux. Avant sa venue, l'endroit s'appelait Blacksnake Hills, c'était seulement un comptoir.

Un bel emplacement pour une ville. La falaise est plus éloignée du fleuve et il y a un joli plateau, assez élevé pour ne pas être inondé au printemps. Plusieurs maisons de brique et un beau palais de justice ont déjà été construits. Le presbytère de Saint Andrews où nous fûmes reçus est une demeure en bois très spacieuse. M. Robidoux, dit-on, aimerait recevoir avant sa mort la visite d'un prince blanc de France. Je le vis le lendemain de notre arrivée. Il marchait dans la rue, conduisant un troupeau de chevaux qu'il voulait vendre. Un homme très robuste d'une soixantaine d'années.

Nous arrivâmes à Saint Joseph le jour prévu par le capitaine, le mardi 9 mai, après huit jours de voyage. Tante Eusie voulait partir pour Kanesville dès jeudi matin. Nous n'avions aucun besoin d'attendre la diligence du samedi puisque M. Pewbrace possédait une charrette avec de larges roues en métal pour les routes boueuses et une bâche sous laquelle on pouvait dormir. Il proposa de nous prêter un cheval si nous voulions l'accompagner, mais Clayton préféra s'en acheter un, ainsi qu'un chapeau et un sac.

Deux cents kilomètres séparent Saint Joseph de Council Bluffs. La diligence fait le trajet en quatre jours si le temps est favorable, M. Pewbrace affirma qu'il connaissait le pays et ne mettrait pas plus de temps. Le mardi après-midi nous étions tous très animés, buvant du café en mangeant les gâteaux préparés par les dames de la paroisse en l'honneur de M. Otis, échafaudant des plans pour le mercredi. Dans la soirée la température se refroidit, nous allumâmes les feux au rez-de-chaussée et prîmes du thé avec du rhum fabriqué par notre hôte. Il y avait neuf cheminées dans le presbytère.

Parfois il suffit d'un regard pour avoir confiance en quelqu'un. Dès que je vis M. Pewbrace, je lui parlai des quatre cent cinquante dollars que le capitaine Fountain devait à Tante Eusie. Il se trouva qu'il l'avait très bien connu à Baltimore. Ils avaient pris le même bateau. « J'éprouve brusquement le désir de renouer dès ce soir avec M. Fountain, dit-il. Quelle joie ce sera d'avoir avec lui une conversation d'homme à homme ! La voix grave, je lui avouerai la triste vérité — nous n'avons jamais été intimes ! Puis nous plaisanterons un moment, riant de nos bonnes blagues, et je lui dirai alors quel plaisir ce doit être de rembourser ses dettes, il reconnaîtra que j'ai raison et me donnera l'argent sur-le-champ. Qu'en penses-tu ? C'est une bonne idée ? Elle te plaît ?

— Absolument, dis-je.

— Alors nous agirons de la sorte, à moins qu'une autre idée nous vienne. Et tu m'accompagneras pour donner un poids moral à cette rencontré. J'ai toujours besoin de réconfort dans ce domaine. »

Il proposa à Clayton de venir avec nous mais mon frère refusa. Il voulait assister à une séance de prières organisée à l'église en l'honneur de M. Otis. « Je veux prendre des renseignements auprès des membres de la paroisse, au cas où je décide de renvoyer Henry à Saint Louis », ajouta-t-il. Il croyait bien faire en me rappelant ses droits sur moi, mais ce n'était pas nécessaire. Je n'avais pas oublié qu'il pouvait me laisser dans la ferme de notre cousin John une fois à Kanesville, ou même m'ordonner de rester à Saint Joseph avec M. Otis.

M. Pewbrace et moi, nous quittâmes le presbytère en même temps que tout le monde, juste après le dîner, et nous marchâmes en direction de l'hôtel Mansion House. « Le capitaine Fountain ne possède pas de maison à Saint Joseph et il ne dort sûrement pas à bord de son bateau ce soir, il se trouve donc là », expliqua mon compagnon. Il habitait aussi dans cet hôtel. Il occupait à lui seul une suite de six pièces. « Ce doit être très cher », dis-je. Il acquiesça, ajoutant que ce n'était pas un problème car il avait beaucoup d'argent. « Je roule sur l'or. La fortune me colle à la peau comme la moisissure sur les murs d'une cave. » Il ne paraissait pas fier de sa richesse comme la plupart des gens, mais il en tirait visiblement du plaisir. Un jour j'ai reçu un dollar pour mon anniversaire et j'ai éprouvé la même sensation.

Je lui demandai comment il était devenu aussi riche. Il me raconta que pendant quinze ans il avait eu des actions dans trois bateaux de Baltimore. Auparavant, il avait été second sur un baleinier de New Bedford, dans le Massachusetts. Il avait été capitaine une seule fois, le jour où son supérieur s'était noyé. « Tout de suite après avoir lu l'hommage funèbre, j'ai donné sa veste et son rang au cuisinier qui avait exactement la même taille.

— Pourquoi n'étiez-vous pas intéressé ?

— Je l'étais. Mais le cuisinier avait perdu ses galons de capitaine dans des circonstances honteuses, aussi en avait-il plus besoin que moi. Il a bien rempli son rôle. J'ai passé dix mois sur son bateau. »

A l'hôtel, M. Pewbrace demanda le numéro de la chambre de M. Fountain et nous y montâmes. Le capitaine était là, il ne parut guère satisfait de notre visite.

« Mlle Otis et moi nous avons conclu un accord sans équivoque, dit-il avant même de refermer la porte. Je lui ai expliqué de mon mieux que le *Jane Sure* ne coulerait jamais, mais elle a tenu absolument à parier de l'argent à un taux exorbitant. »

M. Pewbrace s'assit sur un banc au pied du lit et hocha la tête. « C'est merveilleux que deux personnes se mettent d'accord avec une telle harmonie, dit-il. Voguant sur les eaux profondes, buvant dans le même verre, se jetant tels deux ruisseaux dans la même rivière... Mlle Otis se souvient de votre conversation avec grand plaisir, vous savez ? »

Le capitaine Fountain sourit. Il avait des dents admirables. « Si elle ne se méprend pas sur le sens de mes paroles, je suis prêt à oublier cette histoire de pari. De toute façon, je n'aime pas parier avec les femmes. Je ne l'ai fait que parce qu'elle insistait.

— Hanford, vous n'avez pas changé depuis le jour où je vous ai connu. Si j'avais pris le temps de vous parler alors, j'aurais acquis plus de sagesse. »

Le capitaine nous offrit de l'eau minérale, mais M. Pewbrace répondit qu'il ne buvait jamais après le dîner et je refusai également. « Je désire un autre genre de rafraîchissement, dit mon compagnon.

— C'est-à-dire ? demanda M. Fountain.

— L'eau claire de la justice, répondit M. Pewbrace. Voulez-vous que je vous explique la raison de notre venue ? Vous dirai-je que Henry et moi nous voulons fêter l'heureux sort qui a épargné la moitié supérieure de votre bateau ?

— Toutes les cabines des passagers sont sèches, dit le capitaine. Cela représente plus de la moitié.

— Selon le poids ou la masse ? interrompit M. Pewbrace, sans lui laisser le temps de répondre. Ceci n'est pas une leçon d'arithmétique, n'est-ce pas ? Les fractions sont l'affaire des enfants. Le bateau est-il assuré ?

— C'est une question privée qui ne concerne que moi et mes associés.

— Hanford, je suis ravi d'apprendre que vous n'êtes pas seul en une heure aussi difficile. Les associés sont une bénédiction. »

Le capitaine Fountain prit un cigare et le pointa vers moi.

« Ce garçon.

— Henry, vous voulez dire ?

— Ce garçon assis devant moi.

— Henry.

— Oui. Il a entendu le pari aussi bien que moi. J'ai mis ta tante en garde, tu t'en souviens ?

— Ce n'est pas ma tante.

— Peu importe qui c'est », dit le capitaine, qui mordit le bout de son cigare et le recracha dans la cheminée. M. Pewbrace ouvrit un couteau et commença à nettoyer le fourneau de sa pipe, déposant les saletés dans sa poche.

« Mon ami Henry est un garçon honnête, il dit la vérité, Hanford. Mlle Otis n'est pas sa tante, elle est ma nièce, l'unique enfant de ma sœur, le plus joli bébé que j'aie jamais vu, elle vient ici pour se marier après vingt ans passés au chevet de son beau-père. Sans vouloir me vanter, c'est moi qui ai organisé le mariage. Elle va épouser mon ancien associé. Vous voyez, quand je suis arrivé ici je me suis occupé de commerce. Vous souriez, je crois.

— Pas du tout, dit le capitaine qui montrait les dents.

— Oh ! s'écria M. Pewbrace en se levant, j'espérais rire de bon cœur avec vous, mais tant pis. »

M. Fountain le regardait curer sa pipe, fasciné. « J'ai quelqu'un à voir maintenant », dit-il.

Mon compagnon ne lui accorda aucune attention et se rassit. Il semblait ne plus vouloir s'en aller. « Les gens me croient riche, Hanford. Ils me montrent du doigt dans la rue. Les mères disent à leurs petits enfants de se retourner pour voir l'homme qui a tant d'argent. Le commun des mortels, vous le savez, se trompe souvent, mais pas dans le cas présent. Vous préférez que je ne parle pas de ces choses ?

— Parlez de ce qui vous chante, on m'attend en bas.

— Quand on est riche, on regrette parfois la

pauvreté de la vie en mer. L'âme d'un marin est souvent alourdie par la splendeur futile du monde. »

Le capitaine ralluma son cigare qui n'était pas éteint.

« Par principe, dit M. Pewbrace, les gens ne parlent d'argent que lorsqu'ils en manquent. Ceux dont la fortune est de notoriété publique préfèrent se taire.

— Il faut que j'y aille », marmonna le capitaine.

M. Pewbrace se tourna vers moi. « Parle-lui des taches, Henry.

— Certains vêtements de Tante Eusie ont été abîmés, dis-je, l'empiècement de sa robe de mariée a des taches violettes. »

M. Pewbrace hocha la tête :

« Mon ami Henry a raison, Hanford. Ce sont de petites taches, mais elles attirent l'œil. J'ai une proposition à vous faire.

— Le pire que vous puissiez dire est que le bateau a touché le fond, répondit M. Fountain. Je ne dirai jamais qu'il a coulé, c'est un mensonge. Descendez le voir au bord du fleuve, vous reconnaîtrez que j'ai raison.

— Pourquoi payer si ce n'est pas nécessaire ? poursuivit M. Pewbrace. Je suis prêt à verser à ma nièce ce que vous lui devez, je puiserai dans mon immense réserve. Ainsi elle touchera ce qui lui revient et vous ne lui donnerez pas un centime.

— Faites ce que vous voulez », répondit le capitaine.

M. Pewbrace se leva. « Excellent. Alors notre affaire est réglée.

— Que direz-vous à Mlle Otis en lui donnant l'argent ?

— J'ai tout prévu, Hanford. Je lui tendrai l'enveloppe, puis je dirai lentement de ma belle voix : "Ma chère Eusebia, tu trouveras ici les quatre cent cinquante dollars qui te reviennent. Va immédiatement t'acheter un trousseau neuf pour remplir ta malle." Elle me demandera alors d'où vient l'argent et je le lui dirai.

— Alors elle vous le rendra », intervint le capitaine.

M. Pewbrace secoua la tête. « Eusebia Louise Otis n'a pas cette fierté idiote, Hanford. Non, elle prendra l'argent, m'embrassera sur la joue et se précipitera dans les magasins.

— Mais au moins cela restera une affaire privée entre vous deux, insista le capitaine. Seul Henry sera au courant, bien sûr.

— Certainement pas, Hanford. Elle le racontera au plus de gens possible. Elle écrira un poème en mon honneur, le mettra en musique en reprenant l'air d'un hymne populaire et le chantera dans les rues. Tout le monde à Saint

Joseph saura pourquoi elle me trouve si formidable.

— Et que diront-ils de moi ? » demanda le capitaine. Son cigare était vraiment éteint mais il ne le ralluma pas.

« Cela dépendra qui, répondit M. Pewbrace. Certains observeront que vous avez de la chance, d'autres que vous avez volé quatre cent cinquante dollars à une innocente femme. Tous s'accorderont pour conclure que je suis un saint et bien sûr ils auront raison. »

M. Fountain s'assit, puis il changea d'avis et se leva de nouveau. « Il ne s'est pas passé grand-chose sur le fleuve hier soir, si on y réfléchit bien. Simplement le *Jane Sure* s'est enfoncé dans l'eau. Mais je vous serais reconnaissant d'attendre demain pour donner l'argent à Mlle Otis. Je vais en parler à mes associés.

— Je ne prends jamais de décision à la hâte », répondit M. Pewbrace avec un sourire aimable. Ils se serrèrent la main et nous reprîmes le chemin du presbytère. Il faisait déjà nuit. Mon compagnon paraissait assez triste, aussi je ne posai aucune question. Quand nous arrivâmes, personne n'était encore rentré. L'église de Saint Andrews, de l'autre côté de la rue, était illuminée, une lanterne éclairait la porte, une autre le clocher.

Je remerciai M. Pewbrace qui proposait d'attendre en ma compagnie ; je pouvais rester seul s'il désirait rentrer tout de suite à son hôtel. Mais il resta. « M. Johnson fera un bon mari pour Mlle Otis, dit-il au bout d'un moment. Nous avons été associés pendant dix ans, depuis le jour où je suis arrivé de Baltimore. Il est plus jeune que moi de trois ou quatre ans, mais cela n'a aucune importance. C'est un homme très bon.

— Elle est impatiente de l'épouser...

— Elle me fait confiance, contrairement au capitaine Fountain. Je ne l'ai pas aidé ce soir à devenir un être plus noble. Cela me rend songeur.

— Je parie qu'il va rendre à Tante Eusie l'argent qu'il lui doit, c'est une très bonne chose », dis-je.

Il secoua la tête. « Si j'étais en pyjama, j'en jugerais mieux. J'aurais un tas d'idées ; en réalité je devais aider le capitaine à avancer courageusement, à découvrir le monde sous un jour plus beau. La vie est courte, Henry, nous avons le devoir de faire le plus de bien possible.

— Je ne vois pas pourquoi cela vous inquiète tellement, dis-je. Vous êtes si généreux.

— Mais non. Je me réjouis de voir que tu as une aussi haute opinion de moi. J'espère bien qu'à mon enterrement les femmes s'évanouiront, les hommes sangloteront, les chiens hurleront et que tout le monde dira que j'étais un être merveilleux. » Il me regarda. « Ton frère Clayton veut-il réellement te renvoyer à Saint Louis ? Faut-il que je lui parle ?

— Ce serait très gentil de votre part... Je ne crois pas qu'il compte exécuter sa menace, mais on ne sait jamais. Il se fait des idées.

— Ce sera très simple. Je le regarderai de mes yeux bleu acier, brusquement il comprendra que je suis à la tête d'une énorme fortune et que j'en tire une infinie sagesse. »

Il se leva aussitôt, traversa la rue, entra dans l'église. J'ignore ce qu'il dit à Clayton mais, quand la soirée s'acheva et que tout le monde revint à la maison, mon frère me confia qu'il me pardonnait ma mauvaise conduite sur le bateau et m'emmenait avec lui à Kanesville. Tante Eusie fut enchantée, elle comptait sur notre présence à son mariage.

6

Le lendemain matin, pour me prouver qu'il me pardonnait mes péchés, Clayton me donna son fusil et m'expliqua comment m'en servir. Il avait décidé de s'en acheter un neuf à Saint Joseph, beaucoup plus perfectionné. Il avait passé la nuit à nettoyer l'arme et à régler la détente : je n'aurais qu'à l'effleurer et le coup partirait, si le fusil était chargé, bien sûr.

Tandis qu'il me faisait ses recommandations, il regardait sans arrêt par la fenêtre, attendant impatiemment l'heure du départ. Nous étions tous pressés de prendre la route, Tante Eusie à cause de M. Johnson, Clayton parce qu'il voulait sauver Hanna, et moi pour ces deux raisons réunies. M. Pewbrace, le quatrième membre du groupe, était toujours prêt à partir, pour lui le plus tôt serait le mieux. Notre cœur se trouvait déjà à Kanesville, sauf bien sûr celui du révérend Otis.

M. Pewbrace arriva à l'hôtel Mansion House à 6 heures et demie, avec ses bagages et sa charrette. Il apporta aussi un jambon, une douzaine d'œufs et, pour M. Otis, une liste des dix meilleures maisons où se faire inviter à dîner. Deux minutes après, vint un messager apportant l'argent du capitaine Fountain, quatre cent quarante dollars en pièces d'or dans un sac en cuir avec une étiquette portant l'inscription « POUR SOLDE DE TOUT COMPTE ». Tante Eusie signa le reçu et proposa au garçon de prendre le petit déjeuner avec nous.

Maintenant elle était obligée de racheter du linge pour remplir sa malle. « Je dépenserai la moitié de la somme, décida-t-elle, M. Johnson et moi nous réfléchirons à la façon d'utiliser le reste. » Le capitaine Fountain faisait preuve de mesquinerie en gardant dix dollars, comme s'il avait gagné le pari, mais elle n'en parla pas et personne n'osa évoquer le sujet. « Ce doit être terrible de perdre son bateau, dit-elle charitablement. Même si ce n'est pas votre faute, et, si vous avez des associés, c'est une épreuve.

— Il n'a perdu que la moitié inférieure..., dit M. Pewbrace.

— Vous n'êtes pas gentil, Oncle Titus ! » s'écria-t-elle.

Clayton partit acheter son fusil, son cheval, son chapeau et son sac. Tante Eusie resta un moment pour écrire une lettre à une amie de Buffalo, puis elle alla faire ses courses en compagnie de M. Pewbrace. Ils voulaient aussi rendre visite à des amis de M. Johnson. M. Otis sortit avant 9 heures pour voir des malades dont on lui avait parlé la veille. « Il faut être un bon pasteur dès le premier jour », déclara-t-il. Resté seul, je décidai de me promener en ville. J'espérais apercevoir M. Nowac pour lui demander s'il savait quelque chose au sujet de Hanna. J'étais curieux de savoir pourquoi il s'était éclipsé sur le bateau quand M. Otis avait évoqué son nom. Je ne le vis nulle part car il était déjà, je l'appris par la suite, en route pour Council Bluffs. De toute façon, je n'aurais jamais osé lui parler.

En une heure et demie je fis le tour de Saint Joseph. Je terminai ma visite par les quais. Le *Jeremy Hadden* était arrivé la nuit précédente, je n'avais jamais vu un bateau aussi beau et luisant. Clayton l'avait admiré à Saint Louis. Je me souviens qu'il voulait le prendre, mais naturellement c'était impossible.

Près de la passerelle se trouvait la malle postale gardée par un employé. Il y avait du courrier dans les boîtes marquées M. et O. Clayton avec une grosse lettre de Clemmy, pour laquelle je dus payer trois *cents*, et Tante Eusie un paquet de Buffalo. Le postier refusa de me donner le colis parce qu'il ne m'était pas destiné. En général, je suis timide avec les inconnus, quel que soit leur âge, mais je voulais éviter un déplacement à Tante Eusie, aussi je commençai à discuter avec lui.

« Mlle Otis et moi nous voyageons ensemble. Nous habitons pour le moment au presbytère avec le révérend Otis », dis-je, mais il tint bon. Je n'avais pas le droit de prendre le bien d'autrui, même en échange d'une signature.

« Mais vous m'avez donné la lettre sans même me demander de signer.

— Une lettre est sans valeur, sauf si elle contient des titres ou des obligations, et dans ce cas elle est remise en main propre au destinataire, à moins qu'il soit mort, auquel cas on l'envoie à ses héritiers et ayants droit.

— Et si elle contient un poème ?

— Ça n'a aucune valeur, dit-il en secouant la tête.

— Même un poème écrit pour de l'argent ?

— Il y en a un dans la lettre que vous tenez ?

— Non, mais on ne sait jamais. Peut-être n'auriez-vous pas dû me la laisser.

— Vous allez le vendre ?

— Quoi ?

— Le poème dans la lettre.

— Je pourrais le vendre à mon frère. Il achèterait cette lettre même s'il n'y avait pas de poème à l'intérieur. En fait c'est ce paquet que je veux, pour éviter des difficultés à ma tante.

— Pourriez-vous la vendre à un journal ? La lettre ?

— Avec ou sans poème ?

— N'importe.

— Je ne la vendrais à aucune personne douée de bon sens.

— Eh bien, je vais la reprendre quand même, dit-il. Votre frère vous remboursera la taxe de trois *cents*. Il est midi passé, je dois fermer. Il est contraire à la loi de manier l'argent en dehors des heures d'ouverture. »

Je lui rendis la lettre et j'entrai dans un magasin pour chercher quelque chose à acheter. J'avais de la monnaie en poche et une pièce de dix dollars cachée dans mon talon, mais seule l'oisiveté me poussait à les dépenser. A ce moment-là il se mit à pleuvoir, je rentrai au presbytère, mangeai du pain et du bacon, allumai les feux et me plongeai dans la lecture de *Henry VIII*, une pièce décevante qui fait néanmoins partie de mon programme.

Je devais être fatigué car je m'endormis devant la cheminée. Tante Eusie me réveilla au milieu de l'après-midi. La pluie tombait en rafales. Je lui parlai du paquet et elle partit aussitôt sur les quais dans la charrette de M. Pewbrace, en compagnie de Clayton. Je voulais les accompagner, mais M. Otis me donna un bol de mastic et me demanda d'inspecter l'intérieur de la maison et de boucher les fissures des fenêtres.

Le colis de Tante Eusie contenait un ouvrage de poèmes sur les saisons, un cadeau de mariage d'une amie de Buffalo. Naturellement Clayton ne me montra pas la lettre de Clemmy, mais seulement une coupure du *Saint Louis Republican* sur une grosse dame qui jouait un numéro au cirque de Newark, New Jersey. Elle pesait plus de quatre cents kilos, mais quelqu'un s'aperçut qu'elle rembourrait ses vêtements et était beaucoup moins lourde, aussi elle perdit son emploi. Clemmy avait écrit HA ! HA ! HA ! en haut de l'article et dessiné une femme portant l'inscription CAROLINE sur sa poitrine.

« Je vais lui envoyer ma demande en mariage avant le coucher du soleil, dit Clayton.

— A qui ?

— A Clytemnestre.

— Pourquoi ?

— Parce qu'il faut battre le fer quand il est chaud.

— Tu parles de cette coupure de journal ? C'est un fer plutôt refroidi.

— Tu n'as pas lu sa lettre, répondit Clayton, celui qui hésite est perdu.

— Qui trop se hâte reste en chemin, rira bien qui rira le dernier, tout ce qui brille n'est pas or. »

Clayton sourit et posa le doigt près de son œil droit. « La chance est le démon des amoureux, Henry. Souviens-toi, je t'ai dit une fois que tu comprendrais quand tu serais plus grand.

— Une promesse jamais faite n'est jamais rompue, dis-je, l'union fait la force. »

Un instant je crus que Clayton allait y réfléchir, mais il secoua la tête : « Les paroles sont une chose, les actes une autre. Je te le répète, il faut se décider vite. Je te donne un exemple si tu ne veux pas me croire. J'ai acheté une jument aujourd'hui. J'ai su qu'elle était pour moi dès la minute où j'ai posé les yeux sur elle. Elle s'appelle Cassandre, elle est toute blanche. Ce n'est pas un bon cheval de labour, m'a dit le vendeur, mais elle a du souffle, c'est une bonne nature. »

Il me conduisit à l'écurie derrière le presbytère et me la montra. C'était une beauté. Malheureusement je songeais à son mariage avec Clemmy et je ne prêtai guère attention à sa démonstration. Une fille capable de comparer sa sœur à un monstre de cirque n'est pas digne d'être épousée. Bien sûr Clayton ne voyait pas les choses sous cet angle. Shakespeare écrit dans *Henry VIII* que la raison ne peut éteindre les feux de la passion. En même temps que le cheval il avait acheté un fusil, un sac, un chapeau et des babioles pour les Indiens, une quantité de miroirs et de colliers qu'il me montra un par un. Cela me rappela le mariage de Tante Eusie et je lui demandai s'il avait une idée de cadeau.

« Toi qui parles de fer refroidi, regarde-la ! Elle a cinquante ans et elle se marie en robe blanche...

— Tout le monde se marie en robe blanche, sauf les hommes, bien sûr.

— Elle a un demi-siècle ! Elle est née en 1798.

— Ce n'est pas si vieux. Et son fiancé est plus jeune.

— Je ne veux pas parler de ça, dit-il. Il faut que j'écrive ma lettre. »

Je voulais l'en empêcher le plus longtemps possible.

« N'oublie pas de lui dire que tu iras un jour en Chine. »

Il me regarda comme si l'idée était entièrement nouvelle.

« Pourquoi ferais-je une chose pareille ? Je ne te l'ai jamais dit.

— Cela peut arriver. Le révérend Sweetvarnish répète sans arrêt que la Chine est une vigne qui a besoin de vignerons.

— Il y a peu de chances pour que je quitte jamais le Missouri.

— Pourquoi pas ? Si tu la préviens maintenant, elle ne pourra pas se plaindre plus tard. Tu fais comme tu veux, Clayton, mon avis ne compte pas.

— Je sais que je n'irai jamais en Chine, dit-il en secouant la tête.

— Alors tout va bien, ne fais pas attention à ce que je raconte. Écris-lui simplement : "Chère Clemmy, je vais devenir pasteur mais ne t'inquiète pas, je n'irai jamais en Chine ni dans aucun autre pays trop éloigné du nôtre. Veux-tu bien m'épouser quand j'aurai fini mes études, nous vivrons une longue et heureuse vie tout près de chez nous ?"

— C'est trop bref. Maintenant que j'y pense, je pourrais ajouter un mot sur la Chine ou du moins la France. Comme ça elle ne protestera pas plus tard. Cela m'évitera beaucoup d'ennuis.

— Il existe deux sortes de filles en ce monde, Clayton, celles qui sont prêtes à partir en Chine avec leur mari et les autres. »

Clayton alla dans le salon et écrivit immédiatement sa lettre. Il adressa aussi un message à M. et Mme Burke pour leur confier ses intentions et un autre à nos parents. Puis il alla se coucher.

La pluie cessa pendant la nuit, le lendemain matin les flaques étaient gelées, elles fondirent au premier rayon de soleil. En prenant mon petit déjeuner j'écrivis un mot à la maison. Je n'avais aucune envie de retourner à Saint Louis, mais cela me rendit tout triste. J'ai oublié ce que je disais dans ma lettre.

Kanesville et Council Bluffs sont au nord-ouest de Saint Joseph, mais la meilleure route passe par Savannah. C'est une région de fermes, avec des cultures de chanvre. Savannah est assez joli de loin, quand on y arrive c'est un trou plein de boue. Sur le chemin nous avons chanté des hymnes, accompagnés par des centaines de pinsons qui nous dépassaient, se posaient dans les arbres et s'envolaient de nouveau. Les deux grosses mules de M. Pewbrace marchaient très vite.

Clayton galopait sur Cassandre, nous montrant quelle belle jument c'était. La plupart du temps M. Pewbrace montait son cheval Curious et je conduisais les mules. Tante Eusie marcha plusieurs heures à côté de la charrette. Pour la première fois j'eus l'impression d'approcher de la frontière, d'aller quelque part. Clayton ressentait la même chose que moi. Nous allions retrouver Hanna, j'en étais sûr.

Sept kilomètres après Savannah, nous avons déjeuné dans la ferme de M. Asa Terhune. Il nous apprit que l'hectare se vendait quarante dollars. Sa maison était orientée nord-sud, il avait lui-même dessiné les fondations par rapport à l'étoile du Berger. Ensuite nous sommes partis un peu à l'ouest, à travers Holt County. Nous avions l'intention de passer la nuit à Coke Hill, mais les mules n'avaient jamais parcouru un trajet aussi long en une journée, elles n'en pouvaient plus et nous campâmes au milieu d'un bosquet où coulait une source. Nous étions presque à cinquante kilomètres de Saint Joseph.

Depuis l'âge de sept ans, Clayton est un tireur d'élite. Le premier matin il se leva avant tout le monde et alla s'entraîner dans un ravin. Tout le monde était levé quand il revint, M. Pewbrace préparait un petit déjeuner français. Il nous demanda où était Cassandre.

Personne ne l'avait vue : « Tu ne l'as pas emmenée avec toi ? dit Tante Eusie.

— Pas jusqu'au bout, répondit-il. Je ne voulais pas tirer à côté d'elle avant qu'elle soit habituée à moi, alors je l'ai attachée un peu plus loin. Quand je suis revenu, elle avait disparu.

— Elle ne doit pas être bien loin, dit M. Pewbrace. Nous allons prendre notre repas, puis nous partirons à sa recherche.

— Je ne pourrai rien avaler avant de l'avoir retrouvée ! » s'écria Clayton.

Curious avait fini de manger, aussi M. Pewbrace dit à mon frère de l'emmener avec lui. « A ta place, je retournerais sur nos pas. Elle est sûrement partie dans cette direction, le vent vient de là, les odeurs doivent lui plaire. »

Dès que nous eûmes terminé le petit déjeuner, nous rejoignîmes Clayton, dans une ferme qui se trouvait plusieurs kilomètres en arrière. Cassandre se roulait par terre dans la porcherie, parfaitement heureuse. Nous comprîmes tout de suite pourquoi l'homme qui l'avait vendue à Clayton la jugeait inapte aux travaux de la campagne. Quand elle nous vit, elle se releva et alla s'appuyer contre la grange, hochant la tête comme si les cochons étaient ses frères et sœurs.

Le fermier nous surveillait, mais il ne semblait guère inquiet. L'enclos était situé sur une pente, avec une mare de boue en bas et une porte à côté du mur de la grange, aussi on pouvait entrer sans salir ses chaussures. Clayton alla la chercher et il l'attacha à la charrette de M. Pewbrace, priant le fermier de l'excuser. « Ça ne me dérange pas du tout, répondit celui-ci, cela me fera des souvenirs pour l'hiver... »

Mon cousin John, qui s'y connaît, dit qu'un cochon propre ne sent pas plus mauvais qu'un chien. Naturellement, dans une porcherie, les bêtes se salissent, on ne les lave pas de toute l'année ; Cassandre puait ! Selon Clayton, nous ne pouvions pas lui donner de bain, l'air était trop froid. « Nous devons attendre qu'elle sèche. Alors nous la brosserons. »

Si la jument n'avait pas été blanche, Clayton ne se serait pas autant énervé. Il aurait seulement été en colère contre le vendeur. « Dans la Bible on parle de porcs habités par des démons, qui se jettent du haut de la falaise... Ma jument est persuadée qu'elle est une truie, elle est possédée, c'est évident.

— Peut-être a-t-elle été élevée avec des cochons..., lui suggérai-je.

— Ne dis pas de bêtises, Henry. Tous les chevaux grandissent à la campagne, sauf ceux qui naissent dans les villes. » Clayton me regarda droit dans les yeux. « Nous devons exorciser ce démon. Ils s'attaquent toujours aux êtres les plus purs, ils ne supportent pas le blanc. Je vais agir de la même façon que le révérend Sweetvarnish avec sa vache. »

Je fus un peu soucieux de le voir prendre l'affaire tellement au sérieux, mais M. Pewbrace ne parut pas du tout inquiet. Il demanda seulement s'il pourrait regarder comment Clayton s'y prenait.

« Bien sûr ! répondit celui-ci. Une fois que

tout sera organisé. Le pasteur a fait la même chose l'automne dernier. Sa vache ne donnait qu'une pinte de lait par jour. Il l'a exorcisée au lever du soleil, l'a conduite au marché où il l'a vendue avant 3 heures de l'après-midi.

— Une double bénédiction, observa M. Pewbrace.

— C'est juste. Comme le dit M. Sweetvarnish, quelquefois le Seigneur vous tend les deux mains à la fois. Il faut parler directement au démon et lui ordonner de partir sur-le-champ, d'une voix très forte. Comme il aime la saleté, il faut laver l'animal avant et le regarder longtemps dans les yeux. C'est plus compliqué bien sûr, mais l'essentiel est là. »

Un bon vent soufflait, le soleil brillait et Cassandre fut sèche dès le milieu de l'après-midi. Nous nous arrêtâmes un long moment pour dîner dans la ferme de M. et Mme Butz. De chez eux, on voyait le Missouri. M. Butz avait plusieurs brosses dures et cela nous prit une heure de nettoyer la jument. La queue fut la partie la plus difficile, Tante Eusie s'en chargea. Quand nous eûmes fini, Cassandre était encore plus belle que la veille. « Le démon a dû s'enfuir, terrifié », dit M. Pewbrace, mais Clayton secoua la tête. « Ils ne s'en vont pas aussi vite. » M. Butz avait une quarantaine de cochons dans un enclos, mais Cassandre était solidement attachée à la grange. Elle reniflait l'air et tirait sur sa corde de temps en temps.

Quand les mules furent reposées, nous repartîmes pour nous arrêter juste avant la nuit. Nous nous trouvions à quatre-vingts kilomètres de Saint Joseph, c'était le vendredi 12 mai. Clayton avait l'intention de procéder à l'exorcisme le lendemain matin, mais il ne le dit à personne pour ne pas risquer d'être entendu par le démon. Avant l'aube nous conduisîmes Cassandre en haut de la colline et nous l'obligeâmes à rester debout face à l'est, devant un gros rocher, nous chantions sans arrêt et mon frère tenait une branche de ciguë au-dessus de sa tête. Nous avions sûrement l'air très bête, mais la cérémonie fut assez cohérente. Clayton est un chanteur remarquable.

Quand le jour apparut, il conseilla à Tante Eusie de s'écarter un peu, car le démon allait s'envoler de la bouche de la jument pour se réfugier dans la première créature à sa portée, surtout s'il s'agissait d'une femme. « Je veux pousser le démon vers le rocher si c'est possible. »

M. Pewbrace assistait sans rien dire à la cérémonie, il vint près de Clayton et regarda en direction du levant. « Les uns croient ceci, les autres cela..., déclara-t-il au bout d'un moment. Par exemple, tu crois fermement aux démons des cochons, tandis que j'avoue être un parfait mécréant.

— Eh bien, à chacun ses idées, c'est ce que je dis toujours, répliqua Clayton.

— Ce qui est merveilleux, poursuivit M. Pewbrace, c'est de travailler avec des hommes différents de soi.

— Sans doute », répondit Clayton. Penché en avant, il attendait le lever du soleil. J'étais curieux de savoir ce qui allait se passer.

« La raison et le sentiment doivent s'associer, dit M. Pewbrace qui n'était pas anxieux du tout, contrairement à nous. Je propose que tu t'adresses à ce bel animal en parlant à ses émotions, les yeux dans les yeux, tandis que je lui tiendrai des discours raisonnables à l'oreille. Qu'en penses-tu ?

— Cela ne peut faire de mal. »

Une minute plus tard le soleil apparut, Clayton fixa intensément Cassandre, brandissant toujours la ciguë, et il commença à parler au démon, répétant les mêmes mots, de plus en plus fort. « Démon, va-t'en, quitte le cheval blanc. Amen. » Au même moment, M. Pewbrace, le bras posé sur le cou de la jument, se mit à lui parler comme s'ils étaient de vieux amis. « Ma chère Cassandre, dans la vie vient toujours un moment où il faut cracher le démon ou le garder à l'intérieur de soi. Sois raisonnable, camarade, affirme-toi comme une vraie jument et fais ce que tu dois. »

Quand le soleil fut dans le ciel, Clayton se tourna très vite vers le rocher, posa la ciguë et nous demanda de chanter immédiatement cinq versets de « Horeb, mon refuge ». Après cela, nous redescendîmes en bas de la colline, Clayton et Cassandre en tête.

« J'espère que tu ne le prendras pas mal, Clayton, dit M. Pewbrace quand nous repartîmes, mais j'ai fait une promesse à ton cheval. Je vais lui acheter une musette en peau de porc.

— C'est très bien, cela symbolisera la fuite du démon ! » s'écria mon frère.

Je me réjouis d'apprendre qu'il croyait que l'opération avait réussi. Nous n'en parlâmes plus pendant le reste de la journée. Nous franchîmes le fleuve Nodaway vers 6 heures puis nous nous arrêtâmes pour la nuit. Après le dîner M. Pewbrace, vêtu de son pyjama chinois orangé et de son peignoir rouge, fumant sa pipe comme tous les soirs, se mit à parler à Clayton de l'exorcisme des démons.

« Prends le cas de Cassandre et du cochon. Comment sais-tu qui est possédé par l'autre ? Le porc habite-t-il le cheval, ou le cheval a-t-il volé l'esprit du porc ?

— Quelle drôle d'idée ! s'écria Clayton. Pourquoi un cheval voudrait-il retenir un démon ? Ce n'est pas une compagnie agréable. »

M. Pewbrace haussa les épaules. « Les gens qui mâchent du tabac disent ne pas pouvoir s'en passer. Or ils peuvent le cracher autant de fois qu'ils veulent, il me semble qu'ils ont besoin du tabac autant que le tabac a besoin d'eux... »

Clayton détestait le tabac aussi violemment que les démons, peut-être plus. « C'est un démon végétal, d'accord. Personne ne dira le contraire.

— Prends le cas d'une fillette blanche grandissant parmi les Indiens, comme celle dont M. Otis a parlé dans son sermon. Les Indiens la possèdent-ils ou bien est-ce l'inverse qui se produit ? Sont-ils également dépendants les uns des autres ?

— Elle est possédée par les Indiens, s'écria Clayton. C'est certain.

— Crois-tu que les Indiens soient des démons ? demanda M. Pewbrace.

— Je ne sais pas. Je n'y ai jamais réfléchi. »

M. Pewbrace se leva pour aller se coucher dans la charrette. « Clayton, dit-il, nous devons continuer à étudier la vie ensemble. »

Le lendemain nous rencontrâmes M. Johnson et le problème des démons nous sortit de l'esprit.

7

Nous rencontrâmes M. Johnson tard le dimanche après-midi 14 mai, alors que nous étions à un jour et demi de Kanesville. Il se dirigeait vers Saint Joseph avec un demi-chargement de peaux de bêtes, espérant croiser Tante Eusie en route. S'il ne la trouvait pas, il vendrait sa marchandise et irait l'attendre au Mansion House avec M. Pewbrace. Il existait une seule bonne route entre les deux villes, il ne pouvait pas la manquer.

Le terrain est si plat, la route si droite dans cette partie du pays que nous le vîmes à une distance de trois kilomètres. Il nous reconnut aussitôt, à cause de la charrette de M. Pewbrace, avec lequel il avait travaillé autrefois, aussi ils s'arrêta, fit tourner ses chevaux et nous attendit.

Il était petit et brun comme notre oncle John Case qui est mort, mais il avait un caractère plus patient, c'est la grosse différence entre les trappeurs et les fermiers. Il faisait du commerce à présent, il avait commencé le métier de trappeur à l'âge de quinze ans, et il savait attendre.

Tante Eusie, M. Pewbrace et moi nous descendîmes de la charrette, Clayton mit pied à terre, M. Johnson s'approcha, et M. Pewbrace fit les présentations. Les fiancés se saluèrent poliment comme s'ils étaient des étrangers, il lui demanda si elle avait fait bon voyage, si sa santé était bonne et elle le remercia. Il espérait, ajouta-t-il, qu'elle ne regretterait pas trop ses amis et ses relations de Buffalo pendant son séjour à Kanesville, elle répondit qu'elle était impatiente de vivre dans l'Iowa, et de découvrir les paysages dont il lui avait envoyé les dessins.

Quand nous repartîmes, M. Johnson invita tante Eusie et M. Pewbrace à monter avec lui, et je les suivis avec la charrette. Le temps se refroidissait, il allait peut-être neiger. M. Johnson voulait que nous passions la nuit à Bellevue, de l'autre côté du fleuve, aussi nous nous dépêchâmes pour arriver au ferry de Louse Point avant la nuit.

Pendant le trajet, j'imaginai bizarrement que Tante Eusie et M. Johnson allaient s'enfuir quand nous serions endormis. Je n'avais aucune raison de penser une chose pareille, M. Pewbrace était assis entre eux, ils ne se regardaient même pas et, bien sûr, je me trompais complètement.

Pour me concentrer sur un événement réel, je songeai à mon mensonge et me reprochai de l'avoir raconté. Nous étions sur cette route à cause de l'histoire que j'avais inventée sur Hanna, voyageant dans des endroits inconnus, avec des gens que nous n'avions jamais rencontrés et Clayton portait un fusil chargé. Pourtant je n'aurais ni l'audace ni la méchanceté de ne pas l'avouer et je décidai de me confesser à la première occasion à M. Pewbrace ou à M. Johnson, ou aux deux. Je n'eus pas l'idée de m'adresser à Clayton.

Nous arrivâmes à Louse Point juste avant la nuit, à temps pour franchir le fleuve. M. Johnson voulait présenter Tante Eusie au révérend Edward McKinney qui devait les marier. Le comptoir de Bellevue appartient à un homme très généreux, M. Pierre Abadie Sarpie. Il existe depuis quatorze ans, aujourd'hui c'est un vrai carrefour, une ville va y être construite.

M. Sarpie envoya un Indien chercher le pasteur McKinney pendant que nous dînions chez lui de viande d'élan. Six Indiens Otoes mangèrent avec nous, assis par terre. L'un d'eux était un chef, il fit un discours en l'honneur de

Tante Eusie et lui offrit un collier de noix sculptées en forme de nids d'oiseaux. Je trouvai curieux de manger à table alors que des adultes restaient par terre, mais personne n'y prêtait attention et bientôt je m'y habituai. Les paroles du chef étaient très musicales. Les Otoes utilisent les mêmes mots pour exprimer des choses très différentes, seul le ton de la voix change.

Après le dîner, Clayton décida que nous devions écrire une lettre à M. Otis pour lui donner de nos nouvelles. Il avait apporté une grosse plume d'oie et une bouteille d'encre de Saint Louis, c'était un correspondant très sérieux. Il rédigea les premières lignes, et chacun ajouta une phrase. M. Johnson fit un dessin nous représentant tous assis en cercle, puis tout le monde signa.

Le révérend McKinney partit peu après le dîner, Tante Eusie et M. Johnson sortirent pour se promener au bord du fleuve, et les autres allèrent se coucher. M. Johnson ne voulait pas dormir dans la même maison que Tante Eusie avant le mariage, la grange convenait à Clayton qui préférait rester auprès de son cheval et je me souciais peu de l'endroit où je passais la nuit. Mon frère devait m'emmener le lendemain matin pour m'apprendre à tirer, nous nous couchâmes à l'est de la grange pour être réveillés par le soleil.

Clayton me demanda alors si j'étais d'accord avec lui au sujet du mariage de Tante Eusie. « Si nous arrivons tous les deux à la même conclusion, nous irons lui parler. Un tien vaut mieux que deux tu l'auras. » Je ne compris pas où il voulait en venir.

Il expliqua qu'il s'opposait au mariage, je crus d'abord qu'il désapprouvait l'union entre cousins. Non, ce n'était pas cela. Il les trouvait trop vieux. « Ils peuvent vivre ensemble comme frère et sœur, personne ne leur dira rien. C'est la vérité, Henry, la Bible s'oppose à ce genre d'accouplements.

— Peut-être qu'il a besoin d'une épouse », dis-je.

Clayton secoua la tête. « Il s'agit d'un acte profane, d'un acte de chair, auquel des gens de cinquante ans devraient renoncer. Ils peuvent mener une vie modeste et agréable, rédiger un testament en faveur du survivant, je n'y vois aucun inconvénient.

— Je ne suis pas sûr que Tante Eusie ait cinquante ans, dis-je, et son fiancé a trois ou quatre ans de moins qu'elle.

— C'est encore pire ! s'exclama Clayton. C'est un péché. »

Il avait tout à fait le droit d'avoir ses opinions et je le lui dis. Selon lui, nous devions confier notre inquiétude à Tante Eusie, il me désignait comme porte-parole.

« Même les sauvages ne se marient pas sans raison quand ils sont trop vieux. Tu as le devoir de le lui dire, Henry, parce que tu la connais mieux que moi. Tiens, prends l'Indien du bateau, son frère est mort et a laissé de nombreuses femmes, il ne les a pas épousées pour autant, ce Nowac. Et ce n'est qu'un païen, un sauvage ! Il pourrait donner des leçons à certains.

— Je ne savais pas pour sa famille. En fait, je ne sais rien de lui.

— Voici la parole la plus sensée que tu aies jamais prononcée, Henry. Je connais assez d'histoires pour te tenir éveillé toute la nuit. »

Après cela il se tut, comme s'il s'était endormi, mais je savais qu'il réfléchissait.

Clayton est capable de garder des choses pour lui, c'est l'un des points forts de son caractère. Je suis très différent. Si j'avais été à sa place, j'aurais été incapable de passer quatre jours sans raconter à tout le monde que M. Nowac connaissait une petite fille blanche. Je le suppliai de me dire ce qu'il avait appris et au bout d'un moment il accepta.

Il avait rencontré à Saint Joseph le compagnon français de M. Nowac, M. Couteaux. C'était à Halley's Stable, ils achetaient tous les deux des chevaux. Quand ils eurent fini, Clayton l'interrogea sur les enfants blancs élevés par des Indiens et il sut toute l'histoire. Parmi les nièces de M. Nowac il y avait une certaine fillette qui ne ressemblait pas aux autres.

« Personne ne lui prête attention, expliqua Clayton, sa famille dit qu'elle est à moitié blanche par sa mère. Naturellement, personne ne se soucie des métisses, surtout quand il s'agit de la mère.

— Si elle est à moitié indienne et à moitié blanche, ce n'est pas Hanna ! » m'écriai-je.

Clayton se rassit dans le foin. « Si tu crois ce que raconte un Indien, Henry, tu es vraiment naïf.

— M. Couteaux le croit, protestai-je. Et puis jamais un Indien ne m'a menti. Je suis sûrement plus menteur qu'eux. Quand je t'ai raconté que j'avais rencontré un Indien dans la rue Chouteau et qu'il m'avait parlé d'une petite fille rousse dans la forêt, je mentais. »

Clayton se tut un long moment. Il se recoucha et fit craquer ses articulations.

« Je voulais que tu oublies les dessous de Caroline, dis-je. C'est pour cela que j'ai menti.

— Je me soucie de ses dessous comme de ma première chemise ! Elle peut s'attifer comme ça lui chante et ressembler à la bonne femme du cirque, je m'en moque éperdument ! Tu sais où ça nous mène, Henry ? Tu es responsable de tout ce qui va arriver pendant ce voyage. Si les choses tournent mal, tu seras le seul coupable, et voilà ! »

Il se tourna de l'autre côté et s'endormit. Je me réveillai au milieu de la nuit. Dehors le vent soufflait, des morceaux de glace frappaient les parois de la grange. M. Johnson était assis contre le mur du fond. Il avait du papier sur les genoux, une lampe à côté de lui et il faisait des portraits de Tante Eusie, la dessinant de face, de profil, sous tous les angles possibles sans essayer de la rendre plus jolie qu'elle n'était dans la vie. Il y avait déjà une douzaine de croquis et je lui demandai s'il voulait bien m'en donner un quand il aurait fini. Il découpa la partie inférieure du papier avec un couteau et me la donna. Je l'acceptai comme un trésor et me recouchai très heureux. J'ai encore le dessin chez moi.

8

Le lendemain matin Clayton me réveilla tôt. Il était très gentil. « J'ai pensé toute la nuit à tes aveux, dit-il quand nous fûmes près du fleuve, et je te pardonne ton mensonge parce que c'est un signe du ciel. Nous avons la mission de sauver notre cousine Hanna de la captivité et de punir les païens qui l'ont arrachée à sa famille. Est-ce que tu nettoies ton fusil ?

— Il est enveloppé dans de la toile cirée.

— Tu t'exerces ?

— Seulement quand je suis avec toi.

— Quand tu iras chez l'oncle John, emporte-le pour t'entraîner. Je t'ai appris tout ce que je sais sur les fusils. Le reste dépend de toi. J'ai un projet. Ce n'est pas trop difficile si tu fais ce que je te dis. D'abord, tous les Indiens ont peur du noir, nous le savons.

— Pas moi.

— Ce sont des sauvages, et tous les sauvages ont peur du noir. C'est connu.

— M. Nowac est indien, mais je suis sûr qu'il aime la nuit.

— Ils croient qu'il y a de méchants esprits au-dehors, surtout quand ils vivent entre eux. Tout le monde le sait, Henry, n'essaie pas de me prouver le contraire. Ce qui est vrai est vrai, tu es d'accord ?

— Avec quoi ?

— La vérité.

— Toujours.

— Parfait. Donc, la plupart des Indiens vivent dans des tentes fabriquées avec des peaux de bêtes ou des écorces d'arbres. Comme tu es plus petit et plus léger que moi, tu peux t'y introduire facilement, en mettant un masque ; ils penseront que tu es un méchant esprit et ils s'enfuiront tous, sauf Hanna qui est blanche. »

Il me donna son fusil à porter, prit un bâton et se mit à dessiner sur le sol. « Voici une vingtaine de tentes environ. Au milieu de la nuit, tu t'approches de celle où elle se trouve, tu cherches l'endroit où le tissu est le plus lâche. Tu auras le courage ? Ce ne sera pas trop dur ?

— Ça me paraît très simple, dis-je.

— Tu n'as rien fait de plus en pénétrant dans la chambre de Caroline pour fouiller dans sa commode.

— Sauf qu'il n'y avait pas d'Indiens chez elle.

— Ce n'était vraiment pas bien de regarder dans ses tiroirs, il faut que je t'en parle, Henry. Quelle indiscrétion de mettre le nez dans la vie privée de quelqu'un ! J'espère que tu as mauvaise conscience ! Enfin, quand tu trouveras un passage sous la tente, tu te glisseras à l'intérieur, tu vérifieras que notre cousine est là. Si tu ne ressors pas tout de suite, ce sera un signe. Je commencerai à tirer sur les autres tentes. Certains s'enfuiront, d'autres iront chercher leur chef, ils riposteront, tu seras déjà en train de fuir avec Hanna, et moi je serai protégé par mon fusil tout neuf.

— Je ne sais pas si je serai à la hauteur.

— Pourquoi pas ? C'est très simple, tu l'as dit toi-même. Je suis intimement persuadé, Henry, que je serai protégé à ce moment par la verge de Moïse, rien de mauvais ne pourra nous arriver. Souviens-toi quand Dieu a ordonné à ses disciples de Le suivre dans le désert. Ils ont obéi sans demander pourquoi. Le révérend Sweetvarnish me comprendrait tout de suite et m'encouragerait. »

Loin d'apaiser mes inquiétudes, les paroles

de Clayton me donnèrent très envie de demander à M. Pewbrace de nous accompagner. Je ne voyais pas l'intérêt de parcourir un pays inconnu en compagnie de la verge de Moïse.

Nous prîmes notre temps pour quitter Bellevue, pourtant nous arrivâmes à Kanesville avant midi. La ville s'appelait Miller's Hollow jusqu'à il y a trois ans, en l'honneur de M. Henry Miller, son fondateur, un mormon comme la plupart des habitants. Puis elle fut rebaptisée à cause du colonel Thomas Kane, qui a pris beaucoup de peine pour assurer aux mormons la protection dont ils avaient besoin. Maintenant, raconte M. Johnson, on parle de nommer la ville Council Bluffs avant que quelqu'un ne s'empare de l'idée pour un autre endroit. La région est plate avec des falaises de chaque côté, nous y sommes arrivés juste après une longue saison de boue.

Nous dînâmes chez M. Johnson, qui possède des meubles français achetés au Canada. Dans chaque pièce il y a deux grandes fenêtres, des statues sur le manteau de la cheminée. Tante Eusie et M. Pewbrace allaient vivre là jusqu'au jour du mariage, le jeudi 18 mai, M. Johnson coucherait ailleurs. Clayton et moi nous n'avions pas d'endroit où dormir, aussi nous passâmes la première nuit dans cette maison.

Le lendemain matin, j'allai à la ferme des

Case, à quatorze kilomètres au nord-est de Kanesville, par une route assez bonne sur la moitié du trajet. Avant de partir, je racontai l'histoire de mon mensonge à M. Pewbrace, je lui parlai de la nièce de M. Nowac, de notre cousine Hanna et des intentions de Clayton. Il ne fit aucun commentaire mais il accepta d'en parler à M. Johnson.

A trois kilomètres de la ferme, je rencontrai mon cousin Harold, qui cherchait un cochon échappé. Il descendit de cheval et marcha avec moi. Il devait aller à Saint Louis pour apprendre le métier de tonnelier dans l'atelier de mon père et il était très heureux de me parler. Il voulait surtout savoir s'il s'entendrait avec lui. « J'aime l'ordre, ça ne me pose aucun problème, expliqua-t-il comme nous arrivions en vue de la grange. Je veux savoir à quoi ressemble Oncle Alvin, quel genre de patron c'est. »

Je lui répondis qu'il était sévère mais juste, qu'il n'aimait pas renvoyer les gens. Harold secoua la tête, suçant les deux bouts de sa moustache à la fois. « Je n'ai pas peur, je travaille dur, avec acharnement. » Il remonta sur son cheval et indiqua le toit de la ferme : « Mon frère John est là-bas. Je vais encore faire un tour pour chercher cette truie. Elle ne s'est pas échappée par ma faute, mais ça ne m'ennuie pas de lui courir après, je le fais volontiers. Demande à John si ce n'est pas vrai. »

Je lui obéis et j'allai saluer John, l'aîné de nos cousins. La terre lui appartient, légalement ses trois frères n'ont aucun droit. C'est une belle ferme avec un troupeau de vaches magnifiques, dont ils sont tous très fiers.

Mes cousins ressemblent vraiment à des tortues — des animaux mystérieux qui vivent très longtemps, la comparaison n'est pas méchante. Ils tendent le cou et balancent la tête d'avant en arrière. Quand on est à table avec eux, on se croirait au milieu d'une famille de tortues.

John me serra la main, me souhaita la bienvenue, me demander de trier des graines avec lui et me dit qu'il comptait sur Clayton et sur moi pour construire une barrière autour de la ferme après les semailles. « Vous travaillerez à vos moments perdus, vos cousins vous aideront, bien sûr. » Il était curieux de savoir pourquoi nous étions venus si tôt. Je lui répondis que Clayton se chargerait de lui expliquer, c'était lui le frère aîné, et cela le satisfit. « Il y a toujours de quoi faire dans une ferme, me dit-il, vous pouvez commencer n'importe quand. » Il regardait derrière mon épaule, croyant que Clayton était venu avec moi et cherchait la truie avec Harold. Mon frère, lui dis-je, avait des affaires à régler en ville. Je parlai de Tante Eusie et du mariage. Tout en m'écoutant il continuait de trier les graines et, quand nous eûmes fini, il observa que j'apprendrais vite. « Mon cousin Clayton est-il plus habile que toi ? » Je vis qu'il souhaitait nous voir travailler dur tout de suite. « Voilà. Je voulais achever cette tâche avant le dîner », dit-il. A ce moment la cloche retentit et il m'emmena jusqu'à la maison.

Quand Hanna s'est perdue — ou a été enlevée —, il y avait beaucoup d'arbres autour de la ferme, aujourd'hui on les a coupés et même la grange paraît assez éloignée. John est le seul des frères à s'être marié, il me conduisit dans la cuisine et me présenta sa femme Leda. Il l'avait épousée huit mois plus tôt, mais elle semblait parfaitement intégrée à l'endroit, comme si elle y avait toujours vécu. Elle avait un petit visage, des yeux bruns, elle allait et venait, affairée comme un castor. Une femme très chaleureuse, tous les frères l'aimaient. Un étranger n'eût jamais deviné avec lequel elle était mariée, pensant peut-être qu'il s'agissait d'une sœur ou d'une bonne. John se montra fier de son travail. « Nous avons eu du gâteau de Noël jusqu'à la mi-février. Elle le conserve avec de l'eau et du papier d'emballage, dans l'abri du puits. » C'était une très bonne cuisinière, elle nous prépara un repas formidable.

Chez les Case, le déjeuner dure toujours

longtemps, même s'il reste encore beaucoup de travail. Après les grâces, John raconte ce qu'il a fait dans la matinée et chacun l'imite. Le programme est défini au moment du petit déjeuner, d'une manière équitable, mais John travaille le plus dur. Il surveille les autres et donne un coup de main si c'est nécessaire. Ainsi il sait à l'avance ce que chacun va dire. Il aime voir manger les autres, s'ils n'ont pas d'appétit il leur prédit la maladie.

Il a la passion des maximes et des proverbes, le dimanche après-midi il écrit des fables pour les enfants. Il prépare deux livres d'histoires. Quand le premier sera terminé, il l'enverra à Boston, qu'il appelle la capitale « morale » des États-Unis, pour l'y faire imprimer. Cela s'appellera *Contes des hommes rouges.* John déteste tous les Indiens. Jamais il ne s'inspirerait d'une fable indienne, mais il pense que les enfants de la côte Est aiment ce genre de récits. Je lui demandai si ce titre trompeur ne le gênait pas. Il secoua la tête : « Il est permis de mentir aux enfants pour leur bien. Ainsi on les soigne avec leur propre remède. »

Ce soir-là, il me lut plusieurs histoires pour avoir mon avis. D'après lui, les enfants sont bêtes comme leurs pieds, plus tôt ils le savent et plus vite ils commencent à changer. « Il n'y a rien de plus inutile qu'un enfant ayant une haute opinion de lui-même. Il faut briser sa volonté, user de douceur et de fermeté. Mes livres leur procurent la douceur. Ma mère me l'a appris, et elle savait élever les enfants. »

Je ne voulais pas critiquer les idées de sa mère, aussi je l'interrogeai sur Hanna.

« Ma petite sœur ? demanda-t-il.

— Je ne devrais pas poser de questions sur elle, mais on entend des histoires sur les enfants blancs vivant avec les Indiens...

— Hanna ? Mieux vaut qu'elle soit morte ! Tu t'imagines vivant avec des sauvages ?

— Je ne crois pas.

— C'est un signe de ton ignorance, dit-il en secouant la tête. Et si tu étais une fille ? Hanna aurait treize ans aujourd'hui.

— Quinze. Elle a un an de plus que moi.

— Tu ne parlerais pas de cette façon si tu habitais l'Iowa au lieu du Missouri. On raconte que les gens sont moins endurants au Missouri, c'est peut-être vrai, mais ce n'est pas notre cas.

— Je ne sais pas. C'est possible. »

Il haussa les épaules. « Tu vois.

— Même si elle était encore en vie et que je la rencontre, je ne saurais probablement pas qui elle est. Je ne la verrais pas. Aucune marque spéciale ne me permettrait de la reconnaître.

— Faux, dit-il. Elle a une tache de naissance dans le dos. Et les cheveux roux.

— Ils peuvent les teindre en noir.

— C'est juste », dit-il, et il prononça un mot grossier.

Je n'avais plus rien à dire à propos de Hanna et des Indiens, aussi je parlai du mariage de Tante Eusie auquel lui et sa femme étaient cordialement invités. Il répondit qu'il avait trop de travail à la ferme pour faire des mondanités à Kanesville.

Clayton arriva le mercredi soir à l'heure du dîner, avec une mule qu'il avait louée pour moi. Une bonne bête, habituée à être montée. Il avait réussi à l'obtenir pour un dollar et demi seulement par semaine. Il se réjouissait aussi d'avoir aidé un pécheur à se repentir. Il s'agissait de M. Hesterswine, l'homme qui jouait au rami sur le *Jane Sure.* La mule avait une belle selle, avec une sangle pour le fusil et de larges sacoches, Clayton avait certainement fait une affaire.

John et mon frère s'entendirent à merveille comme Clarence et le roi Edward à la fin de la troisième partie de *Henry VI*, où les héros partent ensemble à la bataille. Clayton l'invita à venir au mariage et notre cousin accepta. Il voulait emmener Leda, mais il fallait quelqu'un pour faire la cuisine à ses frères. Le lendemain matin, après le petit déjeuner, nous partîmes ensemble pour Kanesville. Une fois sur la route

Clayton lui posa des questions sur Hanna, ils conclurent qu'il valait mieux mourir que de grandir parmi les sauvages. Mon frère lui parla de M. Nowac, le décrivant en train de boire son café au bar du *Jane Sure* comme un Blanc sirotant son whisky. Au bout d'un moment je m'écartai d'eux pour ne plus les entendre. A ma grande honte, je ne prononçai pas un mot pour défendre M. Nowac. Peu avant Kanesville, ils cessèrent de parler et Clayton s'exerça à tirer en selle. Il voulait habituer son cheval au bruit des détonations. Dès que nous entrâmes dans la ville, il rangea son arme. Nous nous rendîmes tout de suite chez M. Johnson. Il était près de midi, la cérémonie avait lieu à 2 heures.

Je croyais que, quand les mariés étaient âgés, les noces avaient un caractère plus cérémonieux, comme au camp du Grand Pompée dans *Henry V*, mais il n'en fut rien. Pour aller de chez M. Johnson à la maison forte, il fallait traverser trois routes et une allée ; Tante Eusie avait payé des jeunes garçons pour construire un passage en planches et éviter aux gens de se salir les pieds. Elle menait le cortège chaussée de mules de soie blanche, les cheveux flottants, des giroflées violettes et des fleurs d'oseille sauvage piquées dans l'empiècement de sa robe pour cacher les taches. Elle avait une démarche de reine, les gens s'arrêtaient pour la regarder passer.

J'avais seulement assisté à deux mariages auparavant, ceux des filles du révérend Sweet-varnish, Elizabeth et Mary. Les noces de Tante Eusie furent une vraie fête. M. Johnson avait fabriqué lui-même un *Livre de mariage*, avec des pages ornées à la main, que tout le monde devait signer. Certains Indiens invités parlaient français, on les traitait comme des gens normaux.

Le soleil brillait. Par contraste, l'intérieur de la maison forte était très sombre malgré les lucarnes dans le toit. Des chaises étaient disposées de chaque côté et, quand nous fûmes installés, le révérend McKinney entra, sa bible à la main, suivi de M. Johnson, de Tante Eusie au bras de M. Pewbrace en costume élégant, une canne noire à pommeau d'or à la main.

Après une brève cérémonie, Clayton entonna un chant que nous reprîmes en chœur, M. et Mme Johnson s'embrassèrent et nous sortîmes. Le révérend McKinney, M. Pewbrace, Clayton et les mariés restèrent à l'intérieur pour signer les papiers. Au bout d'un moment ils vinrent nous rejoindre dehors. Tante Eusie me chercha, elle était éblouie par la lumière trop vive et mit un moment à me trouver, puis elle vint me prendre la tête dans les mains et me baisa le front. « M. Pewbrace m'a dit que je devais avant tout embrasser un être beau et bon », expliqua-t-elle.

Je ne suis ni l'un ni l'autre, et ce qu'elle me dit me remplit d'orgueil, ce fut une véritable bénédiction. Son apparition dans le soleil, après l'obscurité de la maison forte, me fit penser à l'ange de Jacob. M. Johnson s'approcha et me demanda d'emporter le *Livre de mariage* pour le faire signer à tous les invités durant la fête.

Je me trouvais dans la maison quand je revis M. Hesterswine. Il avait assisté au mariage, mais je ne l'avais pas aperçu. Il était venu à Kanesville après avoir cherché pendant une semaine un emploi d'instituteur au bord du fleuve. N'étant pas mormon, il n'avait aucune chance. Clayton l'avait rencontré mardi dans la rue, et lors d'un repas chez M. Johnson il avait avoué qu'il était un menteur et un tricheur.

C'était étrange de le revoir. Il bavardait avec Clayton et John tandis que je faisais signer le livre. Il obtenait ce qu'il voulait en flattant les gens, leur déclarant qu'ils étaient plus généreux, plus forts, plus intelligents que lui. Il feignait d'être un homme simple en veine de chance pour gagner aux cartes. Il était assis sur la véranda avec Clayton et notre cousin John, et buvait du café français. Personne ne touchait au whisky. Clayton était plus bavard que les autres, je pensai qu'il allait proposer à M. Hesterswine de partir avec nous à la recherche de Hanna. A mon avis cela ne ferait qu'aggraver les choses.

John avait apporté une histoire comme cadeau de mariage. Au bout d'un moment M. Hesterswine réclama le silence et annonça le titre du récit, « L'aigle prend femme ». Il s'agissait d'un aigle qui s'était blessé la patte. Tous les animaux de la forêt vinrent l'aider, mais aucun ne faisait exactement ce dont il avait besoin. Puis survint une aigle qui le guérit et il l'épousa. La morale de l'histoire, écrite à la fin pour éviter au lecteur de réfléchir, était qu'un homme doit se marier parmi ses semblables et ne jamais se plaindre de ses infirmités en public.

On servit ensuite le gâteau et les gelées, et j'entraînai sur la route Clayton, qui n'aimait pas les pâtisseries, pour parler avec lui. Au début de *Richard II*, le duc d'York dit qu'il est inutile de donner de bons conseils à Richard qui ne les écoute jamais. Clayton n'a pas ce défaut. Il ne veut pas passer pour un idiot et sait tenir compte de l'avis des autres.

« Clayton, dis-je, M. Hesterswine est un voleur.

— Il m'a raconté qu'il a renoncé au jeu le soir où il a failli se noyer en quittant le *Jane Sure* à la nage.

— Il m'a offert une pièce de dix dollars cette nuit-là pour que je mente à son sujet.

— Tu as accepté ?

— Non. C'est un tricheur et un voleur. »

Clayton secoua la tête. « Tu ne peux rien m'apprendre sur lui que je ne sache déjà.

— C'est cette façon qu'il a de tromper les gens, Clayton, de leur dire qu'il est mauvais et qu'ils sont merveilleux.

— Eh bien, n'a-t-il pas raison ? Ne suis-je pas meilleur que lui ?

— Bien sûr, mais je ne veux pas qu'il te fasse tourner en bourrique.

— Il dit connaître le pays comme sa poche et sentir les Indiens en pleine nuit.

— Il ment. Je suis moi-même un menteur, Clayton, je peux te le dire. »

Il me regarda d'un air interrogateur. « M. Hesterswine pense que la nièce de M. Nowac est probablement Hanna. Il est prêt à parier de l'argent là-dessus, mais il n'a pas un sou.

— Et ce qu'il a gagné aux cartes ?

— Il l'a envoyé à sa mère, une veuve infirme et aveugle. J'allais lui proposer de se joindre à nous.

— Ce serait une catastrophe, Clayton, j'en suis convaincu. Et, si nous retrouvons Hanna, ce qui m'étonnerait beaucoup, il dira que c'est grâce à lui. Il t'a déjà embobiné, Clayton. »

Il ne dit rien pendant une minute, mais je vis qu'il était énervé. « Je ne sais pas où tu prends le droit de juger les menteurs, Henry. Il a tout avoué.

— Moi aussi, mais je n'ai cherché à en tirer aucun bénéfice. »

Il prit un air grave, tira de sa poche une boîte de tabac à priser que je n'avais jamais vue et aspira une pincée dans chaque narine. « Je déteste le tabac sous toutes ses formes, mais il faut connaître le démon afin de le combattre. Clemmy me l'a expliqué, et je pense qu'elle a raison. »

Je ne voulais pas discuter les idées de Clemmy, aussi je me tus, il referma la boîte et la rangea. Puis il hocha la tête. « Nous irons la chercher tous les deux, personne ne viendra avec nous. Je m'en suis bien tiré ? J'ai prisé comme les autres ?

— Tu étais parfait », dis-je, et nous rentrâmes dans la maison.

Maintenant je ne pouvais plus demander à M. Pewbrace de nous accompagner, aussi nous décidâmes de nous débrouiller tout seuls.

9

Avant de s'endormir le soir du mariage de Tante Eusie, Clayton me parla longuement de ce qu'il voulait faire. Il avait trois buts. Sauver Hanna, tuer de mauvais Indiens et être l'unique héros de cette aventure. L'idée de m'envoyer dans une tente tandis qu'il attaquait les autres ne s'accordait pas avec ce tableau, mais cela lui importait peu car il avait le beau rôle avec son fusil. D'après lui un héros doit être armé, même si son arme ne vaut rien.

« Nous devons commencer par le commencement, dit-il. Je n'aurai personne à abattre tant que nous n'aurons pas rattrapé ton ami indien et découvert où il cache Hanna. Dès que nous l'aurons trouvé, nous frapperons telle la foudre.

— Peut-être que nous n'y parviendrons pas, dis-je.

— S'il a une aussi grande famille que le prétend ce Français, ce ne sera pas trop difficile.

— Et si Hanna refuse de venir avec nous ? »

Clayton secoua la tête. « Hanna est une parente, Henry. Si nous ne l'oublions pas, si nous ne lui tournons pas le dos, elle nous gardera toujours dans son cœur. Rappelle-toi que pour les courageux tout s'arrange toujours. C'est une loi divine. »

Naturellement, le courage est une qualité importante en toute circonstance, Clayton avait raison d'en parler. Il était plein de zèle et d'énergie, contrairement à moi. Quand il s'endormit, j'essayai de m'endurcir en pensant aux dangers qui m'attendaient.

Il ne pouvait rien m'arriver de grave pendant le voyage, à part me faire mordre par un serpent, tomber de ma mule, me perdre, attraper une maladie, et tout cela pouvait se produire à Kanesville ou à la ferme. Il était très dangereux de tirer sur des gens qui risquaient de se défendre et de nous tuer, surtout si Clayton intervenait quand nous tentions de sauver une personne qui n'avait nulle envie de nous suivre, mais tout cela était encore loin et m'effrayait beaucoup moins que le zèle de Clayton.

Il croyait avec ferveur à la puissance de son

fusil, à son infaillibilité si la cible restait immobile et à Dieu qui était de notre côté. Comme tous les Américains, il pensait qu'il fallait chasser les Indiens de ce pays. Ils vivaient sur notre territoire auquel ils n'avaient aucun droit, ne l'ayant ni défriché ni acheté. La terre qui n'appartenait pas à un Blanc était à Clayton. Le révérend Sweetvarnish pense la même chose.

Quant à moi, je suis d'accord avec les Français du Dakota, trappeurs et marchands pour la plupart, qui voient ce pays comme une terre à cultiver. Ils ne la possèdent pas, pas plus que les Américains ou les Indiens. Pour eux, elle appartient aux animaux.

Le zèle de Clayton m'effrayait plus que tout le reste. Il était fermement convaincu que, le moment venu, il saurait distinguer les bons Indiens des mauvais à deux cents mètres au clair de lune et qu'il avait le droit de tirer dans le tas. J'avais peur pour lui et pour moi, j'avais honte de ne pas avoir abordé le sujet avec lui.

Le lendemain matin il me réveilla tôt, nous descendîmes au bord du fleuve pour nous exercer à tirer. Il voulait quitter Kanesville avant midi, aussi nous fîmes une liste de choses à acheter — de la nourriture, des cartouches, de la poudre. Il me demanda de parler à M. Johnson et à M. Pewbrace que je connaissais mieux pour découvrir le meilleur moyen de retrouver

M. Nowac. « S'ils te posent des questions, réponds qu'il nous doit de l'argent, me conseilla-t-il. Ils pourront peut-être nous tracer un itinéraire, s'ils ont des cartes, tu feras une copie. Prends garde à ne pas commettre d'erreurs. » Il y avait beaucoup de brume au-dessus de l'eau, on voyait à peine les cibles de l'autre côté du fleuve, mais le temps s'éclaira. Clayton tirait très bien, même dans le brouillard.

Nous ne parlâmes pas pendant la séance de tir, Clayton me l'interdisait, mais sur le chemin du retour il me confia son plan pour sauver Hanna, qui n'avait pas changé depuis l'autre jour. Je lui demandai s'il avait envisagé la possibilité d'un échec au cas où notre cousine refuserait de nous suivre, il répondit que ma question était absurde. « Au lieu d'imaginer des bêtises pareilles, dit-il, tu vas me chercher une liste de rimes pour le poème que j'écris à Clemmy. Je l'achèverai pendant que tu parleras avec M. Johnson et M. Pewbrace, ensuite nous irons faire les courses, chercher le courrier et nous nous mettrons en route. Donne-moi la pièce de dix dollars qui se trouve dans ton talon, je risque d'en avoir besoin. »

J'allai au grenier recopier les derniers mots des vers du dix-huitième sonnet de Shakespeare et Clayton rendit visite à Tante Eusie dans la cuisine. Je ne vis jamais son poème, naturellement, mais il me dit qu'il avait utilisé toutes les rimes, sauf deux, et que le ton était sincère. Je demandai à nos amis où se trouvait M. Nowac. « Clayton et moi nous voulons le voir. » Ils savaient pourquoi. M. Pewbrace avait raconté à M. Johnson l'histoire de Hanna, maintenant Tante Eusie était elle aussi au courant.

M. Pewbrace proposa aussitôt de nous accompagner, mais je m'étais engagé à partir seul avec Clayton. Je dis à Tante Eusie que Clayton avait décidé de se mettre en route avant midi. Je ne dévoilai pas le plan de sauvetage car je n'en avais pas le droit, mais tous les trois parurent inquiets.

« C'est une idée absurde, s'écria M. Pewbrace. Cette fillette n'est pas Hanna Case. Je l'ai vue à Vermillion il y a deux ou trois ans. Elle ne parlait pas un mot d'anglais et ne ressemblait pas à une tortue, ce qui est le cas de tous les Case. Tu l'as remarqué ?

— C'était la seule de la famille à être différente, dis-je.

— Je l'ai vue à Kanesville il y a une semaine à peine, déclara M. Johnson. Toute la famille de M. Nowac se trouvait là, probablement pour attendre son arrivée. Je ne te l'ai pas raconté parce que je ne comprenais pas en quoi cela pouvait t'aider.

— Vous l'avez vue de près ? demandai-je.

— Comme si elle était à l'autre bout de cette pièce. Elle enveloppait du poisson. Vous en avez mangé l'autre jour. Tout le clan était là, il y avait entre trente-cinq et quarante personnes, ils vendaient de la nourriture et des objets d'artisanat. »

Elle paraissait d'après lui avoir une quinzaine d'années. « On la remarque parce que tous les autres sont beaucoup plus âgés ou beaucoup plus jeunes. Elle surveille les petits. Et, bien sûr, elle a les cheveux roux.

— Clayton jugera que c'est une preuve suffisante », dis-je, et je le pensais aussi, mon cœur battait très fort.

« Je n'ai jamais vu un Indien aux cheveux roux, dit M. Johnson, mais, si sa mère était canadienne d'origine irlandaise, c'est une chose possible. Elle est très foncée, presque auburn. »

Tante Eusie le regarda et secoua la tête. « Il existe très peu de fillettes métisses de mère canadienne, dit-elle.

— Peu importe, intervint M. Pewbrace. A mon avis, il est très peu vraisemblable qu'il s'agisse de Hanna Case. Et, si c'était elle, ses frères ne la reprendraient jamais à la ferme. Du moins John refuserait. Que ferait-elle alors ?

— Nous pourrions l'emmener à Saint Louis.

— Comment les Indiennes vivant à Saint Louis occupent-elles leur temps ? me demanda

Tante Eusie. Tu en connais ? Ont-elles une vie heureuse ? Tu peux être blessé en essayant de l'enlever, et Clayton aussi, il le sait sûrement.

— Clayton compte sur moi pour l'accompagner, je ne peux pas faire autrement, dis-je. Je le lui ai promis. Vous pensez que M. Nowac se dirigeait vers Vermillion ? »

M. Johnson acquiesça. « Sinon il est allé dans les Badlands au nord, et même ton frère ne voudra pas le suivre aussi loin. Quand doit-il entrer au séminaire ? »

Je n'en savais rien, je répondis qu'il commençait en octobre.

« Eh bien, dit M. Pewbrace, j'espère sincèrement que M. Nowac a quitté Vermillion et qu'il restera dans le Nord jusqu'à la fin septembre. J'ignore s'il tire sur les hommes, je suppose qu'il le ferait en cas de danger, on dit que c'est un grand chasseur. »

M. Johnson n'avait pas de carte, mais il m'indiqua les noms des endroits sur le chemin et j'en fis une liste. Ainsi, je m'orienterais facilement. Tante Eusie apporta du café, en me donnant ma tasse elle me dit que j'avais raison de partir. « Tu dois tenir ta promesse, dit-elle. Mais Clayton est un homme peureux, il déteste prendre des responsabilités, alors ne fais que ce que tu te sens capable de faire. »

Je fus très surpris de l'entendre parler ainsi, mais je la crus.

Il était presque 11 heures quand Clayton acheva sa lettre. Il m'ordonna de la porter immédiatement à la poste. « Pendant ce temps j'irai acheter ce dont nous avons besoin, ensuite nous nous retrouverons ici. » En postant son poème, je pris la lettre que Tante Eusie avait écrite à M. Johnson le jour où nous avions acheté les billets. Elle venait juste d'arriver.

J'achetai du papier, j'écrivis un mot à Caroline et un autre à mes parents. Je pensais que je devais bien cela à la sœur de Clemmy, qui recevait sans arrêt du courrier de Clayton. Je l'avais vue en rêve la première nuit à Saint Joseph, elle m'avait embrassé sur la bouche. Je n'avais jamais eu ce genre de rêve auparavant, je me demandai si je devais demander pardon à Clayton. Je l'aurais fait mais, quand je me réveillai le lendemain matin, il était déjà sorti. Je me rattrapai en lui avouant, dès qu'il revint avec les achats, que j'avais écrit à Caroline. Il arracha une peau sous son ongle et dit en secouant la tête : « Ne donne jamais ton cœur à une femme hypocrite. »

C'était déjà l'heure du déjeuner, il décida de rester pour manger. Il ne paraissait pas du tout pressé. Il expliqua à Tante Eusie que nous allions profiter de ce dernier repas, nous n'en aurions pas d'autre avant notre retour. Il répéta la même chose à M. Johnson pendant qu'on servait le canard.

« Restez avec nous, dit ce dernier. Vous mangerez comme cela tous les jours. »

Clayton secoua la tête, le visage empreint de tristesse. « Je ne peux pas, répondit-il. Il me faut étudier la vie et les mœurs des sauvages, à commencer par M. Nowac, le cher ami de Henry. Saviez-vous, monsieur Johnson, qu'il l'a aidé la nuit où nous avons sauvé la malle de votre femme dans la cale du *Jane Sure* ? Il l'a éclairé avec sa lampe.

— Il m'a indiqué comment entrer dans la soute par une trappe dans le mur de la salle des machines, dis-je, mais je n'ai rien fait pour lui. Il cherchait des pièces de soie.

— Ce soir-là j'ai été fier d'être le frère de Henry », déclara Clayton, et je sentis au ton de sa voix qu'il était sincère. Il croit toujours ce qu'il dit au moment où il le dit.

« Clayton, tu devrais passer au moins un mois ici et me conseiller, intervint Tante Eusie. Tu peux veiller sur l'intendance de la maison et me critiquer quand c'est nécessaire.

— J'aimerais honnêtement vous aider, s'écria Clayton, mais pour vous avouer toute la vérité, madame Johnson, j'ai aussi des raisons religieuses de partir. Un jour je serai peut-être amené à prêcher devant les Indiens, j'ai le devoir de m'y préparer. Je pense que j'entends la voix de Dieu en ce moment même. » Il se tenait droit comme une statue, une fourchette à la main.

« Peut-être que vous retrouverez votre cousine Hanna », dit M. Pewbrace.

Clayton fut très surpris d'entendre cela. Pourtant il ne rougit pas. Il renversa la tête en arrière et regarda le plafond, comme le fait quelquefois le révérend Sweetvarnish. « Je crains que non, dit-il. C'était une très belle fillette, de constitution fragile, incapable de survivre à un hiver parmi les Indiens, si vous voyez ce que je veux dire.

— Même si elle est vivante, observa M. Johnson, elle est à plus d'un millier de kilomètres d'ici. »

Clayton baissa les yeux vers son assiette. « Elle était très délicate, dit-il. Puisse le Seigneur accorder le repos à son âme et pardonner à ceux qui lui ont fait du mal. Quand je reviendrai dans deux semaines, je rendrai visite au révérend McKinney, je lui confierai ce que j'ai appris sur les sauvages et je lui demanderai conseil. Peut-être ne serai-je pas appelé à évangéliser les Indiens. Henry pense que j'irai à Paris ou en Chine. »

Il raconta tout ce qu'il croyait savoir sur les

païens de la vieille Europe, et parla de la nécessité de purifier les villes souillées par le péché. « Si on veut lutter contre le diable, il faut aller là où il se trouve et, selon notre ami le révérend Otis, pasteur de l'église Saint Andrews à Saint Joseph, Paris est pire que tout. Mon sang bout quand je pense à la noirceur de cette ville. Pouvez-vous me passer le canard ? »

Quand le moment du départ arriva, j'étais content, mais je regrettai de quitter M. Johnson, Tante Eusie et M. Pewbrace car je les aimais bien. Je devais encore à mes amis un cadeau de mariage.

Nous partîmes pour Vermillion à 2 heures de l'après-midi. C'était le vendredi 19 mai. Clayton a toujours été un excellent compagnon de voyage. Il n'essaie jamais de manger plus que sa part ni d'avoir la meilleure place et il ne se plaint pas. Si vous connaissez le chemin, il vous laisse aller en avant. Il aime vous voir heureux. Sur le plat, ou quand il fait trop mauvais pour marcher, il raconte des histoires. Il est sérieux, attentif. Il plaisante gaiement et n'épuise pas les bêtes. Ma seule inquiétude quand je voyageais avec lui entre Kanesville et Vermillion était qu'il roule dans son sommeil : le canon de son fusil était pointé vers ses pieds, si le coup partait il recevrait une charge de chevrotine suffisante pour être gravement blessé. Quand je me levais la nuit, je prenais soin de contourner sa tête et de ne jamais me mettre en travers de ses pieds.

En sortant de Kanesville, nous eûmes une discussion sur le mensonge et sa définition. Selon Clayton, mon mensonge sur Hanna était mauvais puisque j'avais trompé mon propre frère, mais bénéfique parce qu'il nous avait entraînés dans cette aventure, à la recherche d'une cousine en détresse. « Tu veux mon avis, Henry ? C'est un miracle, un signe du ciel. »

Il répéta cette idée quatre ou cinq fois en des termes fort aimables et finalement il me demanda si, selon moi, il avait menti au déjeuner en informant Tante Eusie, M. Johnson et M. Pewbrace de ses projets.

« Je crois que oui, dis-je.

— Eh bien, Henry, tu ne sais pas reconnaître la vérité quand elle est sous ton nez. C'est vrai que je veux étudier les sauvages. Je serai peut-être appelé à prêcher devant eux. L'Esprit va où il lui plaît, comme le vent, je dois m'instruire sur eux. Hanna peut très bien être morte et il se peut tout à fait que j'aille à Paris.

— C'est sûr, Clayton, mais tu n'as pas donné la véritable raison de notre voyage à Vermillion.

— J'ai sans doute laissé de côté un ou deux éléments, mais je n'ai pas raconté que j'allais m'introduire dans la tente de Hanna, fouiller dans ses affaires... Tu vois de quoi je parle, Henry ? »

Je me tus car il connaissait la réponse.

« Bien. Donc, si je dis à certaines personnes que j'irai à Paris, ce n'est pas une raison pour me rendre plus noir que je ne suis, on peut dire que tu es bien placé pour me critiquer. Je ne suis pas en colère, Henry, je dis seulement que tu es un fieffé menteur.

— Je sais, je ne suis pas digne de confiance, Clayton. J'oublie tous les mensonges que j'ai racontés, il y en a trop.

— Je suis heureux de te l'entendre dire, Henry ! » s'écria-t-il et, en manière de plaisanterie, il s'approcha, allongeant un coup de pied à ma mule pour me bousculer un peu. « Maintenant, avoue-moi une chose. Tu n'as pas regardé dans la commode de Caroline ce jour-là ? Je ne vais pas m'énerver, je veux seulement savoir.

— Tu as raison, Clayton. Je n'ai pas ouvert un seul tiroir.

— Je le savais. Je parie que tu n'es même pas monté au premier. Je jouais du piano, je ne pouvais pas te voir.

— Je te parie dix dollars, à quarante-cinq contre un, que j'y suis allé », dis-je, mais il était à des lieues de penser au pari de Tante Eusie, il ne comprit pas l'allusion.

« J'ai raison, hein ?

— Je n'ai rien regardé, mais je suis monté au premier. Prince m'a suivi. Nous savions que nous n'aurions pas dû nous trouver là. »

Clayton prit l'air affligé. « Tu devrais avoir honte de rejeter la faute sur un pauvre chien au dos à moitié pelé.

— Tu n'y es pas du tout, je t'explique simplement qu'il avait mauvaise conscience. C'est tout à son honneur. Et je suis persuadé de ne pas m'être trompé pour les dessous. Elle n'avait pas de faux seins. De toute façon, ça ne change rien.

— Ne mêlons pas Clemmy à tout cela, interrompit Clayton. Elle a cru bien faire en me le répétant. C'était son devoir de dire la vérité. »

Le reste de l'après-midi et de la soirée, il me parla d'elle. Il voulut réciter le poème qu'il lui avait écrit mais il ne s'en souvenait pas suffisamment, même quand je pris mon Shakespeare pour lui lire les rimes.

Les jours suivants nous eûmes beaucoup de conversations agréables et instructives. De Kanesville à Vermillion, il faut marcher six jours en direction du nord-ouest, en grimpant de temps en temps sur un arbre pour s'assurer que le Missouri est toujours à gauche. On ne peut pas se perdre. Le 20 mai, nous vîmes un incendie de prairie qui s'étendait sur des kilomètres. Il n'y avait pas de vent, nous le franchîmes sans difficulté. M. Pewbrace m'avait expliqué que les bourrasques rendent les feux très dangereux.

Le moment le plus éprouvant fut la traversée du Hog Weed Creek, le troisième soir. C'est un torrent peu abondant qui coule au fond d'un ravin de six mètres de haut, aux parois très raides, impossibles à gravir avec un animal. Croyant qu'il serait moins profond plus loin, nous tournâmes à droite. Nous nous étions trompés et, quand nous parvînmes enfin à l'endroit le plus facile d'accès, il faisait déjà nuit.

Nous arrivâmes au comptoir de Vermillion le jeudi 25 mai. Il est situé sur un plateau qui s'étend sur plusieurs kilomètres, à douze mètres environ au-dessus du niveau du fleuve, avec au milieu une petite butte d'où jaillit une source. Nous n'avions vu jusqu'à présent que des étangs et des lacs en forme de croissant de lune.

En bas de Vermillion, il y a une énorme forêt qui descend jusqu'au Missouri et remonte de l'autre côté. De là on peut voir les huttes des Indiens à l'extrémité sud du plateau. Ce sont des bâtiments carrés couverts de peaux de bêtes, dont les poteaux sont solidement plantés dans le sol. A l'intérieur, des cloisons délimitent les pièces. Il est facile d'arracher les peaux et les liens mais les supports sont trop lourds pour être tirés par les bêtes. Pendant notre voyage nous vîmes des pieux fichés dans la terre à l'est du fleuve Big Sioux, mais les huttes avaient disparu depuis longtemps.

Nous nous rendîmes aussitôt chez M. Pascal Cerré, qui garde le comptoir. Il nous dit que trois des maisons appartenaient à M. Nowac, dont le clan comportait dix-neuf femmes et quatorze hommes, sans compter les enfants. Ils faisaient du commerce avec lui, chacun était inscrit dans son livre de comptes.

M. Nowac était revenu au comptoir le lundi soir avec toute sa tribu, nous le trouverions sans peine au nord du plateau. M. Cerré nous proposa de manger avec lui et sa femme, qui était suédoise.

Tous les Indiens jouent au *bandy*, avec parfois des équipes de plus de cent personnes. Ils plantent deux pieux dans le sol, à un kilomètre de distance, et marquent les côtés du terrain avec de petits bâtons. Le ballon est fait de lanières de cuir tressées en forme de tire-bouchon et cousues très serré. Il faut frapper le pieu d'en face avec le ballon, le joueur qui y réussit deux fois a gagné. Ensuite les équipes se mélangent et tout recommence. On peut faire n'importe quoi avec le ballon, sauf essayer de l'arrêter en jetant des objets. On a le droit de le lancer dans tous les sens, de courir en le tenant, de le renvoyer d'un coup de pied, de se coucher dessus. Les gens se bousculent par-devant, par-derrière, mais il est interdit de se cogner la tête. Le nombre de joueurs est illimité, il est même possible de changer de camp en cours de partie.

Ils n'avaient pas commencé. Tout de suite je vis la nièce de M. Nowac. Je ne le dis pas à Clayton qui la cherchait des yeux. Ses cheveux étaient attachés avec un ruban de soie — celle que j'avais vue dans la cale du *Jane Sure*. Ils étaient roux foncé et pendaient, raidis par la graisse ou la résine. Penchée, elle parlait à deux fillettes de dix ans, je ne vis pas son visage. Mon cœur se mit à battre très fort. J'avais envie de l'appeler mais j'avais peur.

Il n'y eut aucun signal, tout d'un coup la partie commença. Un long moment les joueurs se contentèrent de courir dans un sens, puis dans l'autre. Un homme aux cheveux blancs tomba sur le ballon, tout le monde se jeta sur lui. Deux joueurs furent assommés en essayant de dégager le ballon, tournant en rond comme des fous alors que les équipes se déplaçaient. Les deux fillettes voulurent se précipiter dans le champ, mais la nièce de Nowac les retint.

Un petit homme marqua le premier but. Il intercepta le ballon en plein vol, courut deux cents mètres, le plus vite possible, et se rua sur le pieu le plus proche de nous. Tout de suite la jeune fille rousse rejoignit l'équipe perdante. Elle s'élança sur le terrain et attendit que le ballon revienne de notre côté. Elle portait une jupe longue légèrement retroussée à la taille et elle courait plus vite que tous les autres.

Je vis son visage distinctement quand elle se mit à poursuivre un grand homme coiffé d'un chapeau de fourrure qui s'approchait de la limite, tenant le ballon en avant. On aurait dit un ours avec un essaim dans les pattes. Elle se trouvait presque à son niveau.

Même avec sa grande jupe, on voyait qu'elle avait de très longues jambes. D'après ma mère, les filles sont jolies, ordinaires ou vilaines. La nièce de M. Nowac me parut insignifiante. A ce moment-là elle se souciait peu de son aspect, songeant seulement à détourner l'ours de son but.

Clayton la reconnut quand elle se mit à se battre avec l'homme près de nous. Elle bondit devant lui, le fit trébucher, ils roulèrent au sol trois ou quatre fois. Clayton me regarda en riant : « C'est Hanna, dit-il.

— Si c'est vraiment elle, comment l'accueilleront nos cousins de la ferme ? »

10

Le second but fut marqué contre son équipe une heure plus tard et, comme les joueurs se dispersaient en bavardant, j'eus l'idée d'aller parler à la nièce de M. Nowac et de lui acheter son ruban de soie comme cadeau de mariage pour Tante Eusie. Ce n'était pas un très beau cadeau et sans doute l'aurais-je gardé si elle me l'avait vendu, mais sur le moment je n'y pensai pas.

J'avais l'intention de lui demander qui elle était, de chercher à obtenir le ruban, et d'aviser ensuite. Elle était la mieux placée pour se présenter, si elle se souvenait de son nom et parlait encore anglais.

Clayton m'approuva. « Vas-y, dit-il. Je n'ai rien contre.

— Tu viens avec moi ? »

Il secoua la tête. « Il vaut mieux que je t'attende ici. Personne ne te fera de mal dans cette foule. Ne t'inquiète pas. »

Je la trouvai tout de suite. Elle se dirigeait vers les huttes avec une fillette, je la rattrapai sans peine. Quand je fus derrière elle, je dis « Hanna » tout haut, plus comme un mot que comme un nom. Elle se retourna, elle avait les yeux plus clairs et un peu plus grands que ceux de M. Nowac. « Je cherche un cadeau de mariage pour ma tante, expliquai-je. Ce n'est pas vraiment ma tante, mais je l'appelle ainsi. »

Ce n'était pas une très bonne entrée en matière, je me sentis très bête en le disant, mais visiblement elle ne comprit pas un mot. Cela me fit penser à Henry V s'adressant à Catherine de France avant qu'elle apprenne l'anglais. Elle secoua la tête, se détourna et partit. Je rejoignis Clayton qui m'attendait. En chemin, je songeai qu'il était temps de m'opposer à son projet de tuer les Indiens dans leurs tentes.

« J'aurais dû t'en parler plus tôt, lui dis-je. Je crois que ce n'est pas bien de tirer sur les huttes, tu risques de blesser quelqu'un.

— Parle moins fort. Elle a répondu à son nom ? Tu l'as prononcé ?

— Je pense qu'elle ne sait même pas qu'il s'agit d'un nom.

— Ça prouve bien que c'est elle. Il faut dix ans pour oublier une langue et Hanna a été enlevée il y a dix ans. C'est tout à fait normal qu'elle ait oublié son nom. Sinon, qui est cette fille ? »

Je ne sus pas quoi répondre et je reparlai de son projet nocturne.

Il changea son fusil d'épaule pour montrer qu'il m'écoutait et porta un doigt à ses lèvres. « Il ne faut jamais parler d'armes au milieu d'une foule de Peaux-Rouges. » Nous rentrâmes au comptoir et nous nous assîmes sur le porche. « D'abord, Henry, je n'ai jamais parlé de blesser quelqu'un. Je n'ai menacé de tuer personne, pas plus un Indien qu'un autre. C'est la vérité !

— Je ne sais plus, Clayton, mais, chaque fois que tu parles de coups de feu, ça m'inquiète.

— Je peux viser un hibou à deux cents mètres et le toucher en plein cœur, mais ce n'est pas pour cela que je vais le faire.

— Ton fusil est toujours chargé.

— De face ou de profil, du premier coup. Naturellement, l'oiseau doit être immobile. Je ne promets rien quand il vole.

— Je suis peut-être idiot, Clayton, mais je me sens vraiment mal à l'aise. Je sais, j'aurais dû te le dire plus tôt. »

Il leva la main en l'air. « Henry, je ne descendrai jamais un Indien à moins que ce soit un agent des ténèbres, un être maléfique.

— Comment veux-tu être sûr de cela à une distance de deux cents mètres, et la nuit ! m'écriai-je.

— Ou pour une autre bonne raison, s'il enfreint la morale. N'importe quel homme d'honneur agirait comme moi.

— Tu veux dire que tu ne tireras pas sur les huttes ? » demandai-je.

Il se tut pendant une minute, puis il regarda le ciel. « Je veux savoir une seule chose, Henry. Quand nous serons rentrés et que les gens voudront savoir qui est le héros, que répondras-tu ?

— Que c'est toi sans doute, ce sera la vérité.

— Le croiras-tu sincèrement, te croira-t-on ?

— On me croit toujours quand je suis modeste. Peu m'importe qui est le héros tant que personne n'est blessé. »

Il me tapa dans le dos. « Tu es jeune, Henry, sinon tu ne dirais pas une chose pareille.

— Pourquoi n'essaies-tu pas de lui parler, toi ? » Même si elle s'enfuyait, il aurait quelque chose à raconter.

« Tu sais parfaitement que je ne le peux pas, Henry. Elle verra mon fusil et partira en courant.

— Ne le prends pas. Je le surveillerai pendant que tu iras la voir, personne n'y touchera.

— Je me promènerai sans protection dans un camp rempli d'incroyants et de sauvages ? s'indigna-t-il.

— M. Cerré le fait tout le temps et il ne lui arrive rien, répondis-je.

— Il est français, il est presque des leurs. Toi, tu es en sécurité, tu n'es qu'un enfant, ils ne te feront pas de mal. Pour moi c'est très différent. Je suis blanc, américain, je suis un homme, ils sauront tout de suite que je suis un ennemi. Clemmy serait contre, car je risquerais d'être seul avec une autre femme. »

Il eut l'air horriblement triste, je crus qu'il allait pleurer. Il se mit à creuser un trou dans la poussière avec le canon de son fusil. Je ne l'avais jamais vu aussi abattu. « Le pire, dit-il, c'est qu'on ne peut pas tirer sur ces huttes. Si c'étaient des tentes, je pourrais viser le sommet et en descendre un bon paquet. Tu verrais ces Peaux-Rouges décamper ! Tu aurais dû me dire qu'ils ne vivaient pas dans des tentes quand j'ai dessiné mon plan par terre !

— Je ne le savais pas. Mais j'aurais dû te confier mon opinion là-dessus, je l'avoue.

— Qu'allons-nous faire avec les babioles que j'ai achetées ? Je n'aurais jamais dû faire ça.

— Elles ont coûté cher ? »

Il haussa les épaules : « Deux dollars. »

J'eus l'impression que ce n'était pas terrible.

« Pourquoi ne me suis-tu pas la prochaine fois que j'irai lui parler ? Tu me protégeras si on m'attaque ! »

Il regarda le canon poussiéreux de son arme et commença à le nettoyer. « Je peux me servir de cette arme et aussi de la tienne, dit-il. Je veux que tu voies comme ton frère tire bien !

— Je le sais.

— Je veux dire en cas d'urgence, quand il s'agit de vie ou de mort, dit-il en me tapant sur l'épaule. Tu as quelquefois de bonnes idées, Henry, je le reconnais.

— Je veux être un bon frère pour toi, Clayton.

— Nous devons nous entraider, Henry. »

Peu après, M. et Mme Cerré nous appelèrent car le dîner était prêt. Ils nous servirent de la langue de buffle, du canard sauvage, trois sortes de légumes et du pain avec de la confiture de groseilles. Il faisait encore jour, on voyait les huttes des Indiens par la fenêtre.

Clayton demanda des nouvelles de M. Nowac. Il s'apprêtait à partir pour le Canada, répondit M. Cerré. Tous les hommes de la tribu sauf deux avaient réglé leurs dettes, M. Nowac échangeait sa soie contre des chevaux et des marchandises qu'il revendrait au Nord. Mme Cerré en avait elle-même acheté huit mètres pour un prix élevé.

« Sa nièce rousse est une très bonne joueuse, dit Clayton.

— Ce n'est pas tout, elle nage aussi très bien ! s'exclama la maîtresse de maison. Il y a deux mois, je l'ai vue sauter dans la rivière pour aller chercher une barque qui partait à la dérive.

— On raconte qu'elle est de père indien et de mère blanche, reprit Clayton, mais je n'en crois rien.

— Je ne suis pas au courant », dit M. Cerré.

Quand nous partîmes, la nuit était tombée. Nous voulions prendre congé plus tôt, mais Mme Cerré tint à nous montrer sa collection de verreries italiennes et son mari avait quatre boîtes pleines de trésors des Badlands : cinq tortues pétrifiées dont l'une était entière à part une fente dans la carapace et les yeux qui manquaient, la tête d'un petit ours, une quantité de crânes aux mâchoires mobiles. Il possédait aussi une magnifique paire de cornes de bélier.

En sortant nous allâmes épier les huttes, c'était le silence, et nous revînmes nous coucher. M. Cerré nous avait préparé une chambre. Une fois au lit, je parlai à Clayton de la tache de naissance sur le dos de Hanna. Il fut surpris et heureux d'apprendre cette information et il voulut savoir l'endroit exact, mais le cousin John ne me l'avait pas dit.

« Même si la nièce de M. Nowac a cette tache

sur le dos, ce n'est pas une preuve, dis-je, c'est une chose très courante chez les femmes.

— Ça reste toute la vie ?

— Dans la seconde partie de *Henry IV*, quand le roi parle de John Falstaff, il le traite de naevus parce qu'il ne parvient pas à s'en débarrasser.

— Tu as demandé à John sa couleur, sa forme ?

— J'ai oublié.

— Tu as eu tort, Henry », dit-il, et il avait raison.

Nous restâmes un moment silencieux. Je m'endormis.

« Henry, dit-il brusquement, je t'ai toujours fait confiance.

— Merci, Clayton.

— Nous allons adopter ton plan. Tu iras lui parler seul et je veillerai à ce que tu ne sois pas attaqué.

— Le problème c'est qu'elle ne parle pas un mot d'anglais...

— Nous pouvons traverser ce pont. Commençons par le commencement, il faut d'abord la prendre à part. Dors, Henry. »

Le lendemain matin, quand je me réveillai, Clayton était déjà parti au bord du fleuve et s'entraînait à tirer avec les deux fusils. Le son n'était pas le même, mon arme avait un canon plus court et une charge moins puissante.

Je mangeai quelques biscuits et j'allai jusqu'à la maison de M. Nowac pour demander quand il comptait partir pour le Nord. En chemin je me donnai du courage, me disant que, si c'était Hanna, elle avait besoin de notre aide, j'avais le devoir de ne pas lui tourner le dos.

Ma visite à M. Nowac n'était guère *convenable*, je n'avais pas l'intention de rester longtemps. Aucune dette, aucune obligation ne nous liait, nous n'étions ni de la même race, ni du même pays, ni du même âge.

Je demandai à une petite fille où se trouvait sa hutte et j'attendis devant la porte que quelqu'un me voie et annonce ma présence. Au bout d'un moment, il sortit et me regarda. Je le revis la nuit du naufrage, surgissant une lanterne à la main. Il m'avait effrayé, alors, et j'avais peur de lui en ce moment, il savait ce que je voulais et à quoi je pensais. J'avais l'impression d'être encore dans la salle des machines du *Jane Sure*, les pieds dans l'eau froide.

Nous nous serrâmes la main. « Elle ne peut pas vous voir, dit-il.

— Oh !...

— Vous n'êtes pas venu pour demander sa main.

— Non.

— Ni votre frère.

— Nous pensons qu'elle est peut-être une parente, une cousine, la fille de mon oncle et de ma tante.

— Ils vous ont envoyés ?

— Non, ils sont morts tous les deux.

— Elle fait partie de ma famille, dit-il. Vous ne la verrez pas.

— Vous parlez très bien anglais », dis-je. C'était une réflexion parfaitement idiote, mais c'était la vérité et je ne voulais plus parler de sa nièce.

« Je connais moins de trois cents mots, répondit-il. Au revoir. »

Il me tourna le dos et rentra chez lui, je m'éloignai en direction de la maison. En partant, je crus voir la tête de la jeune fille derrière la fenêtre. Une idée me vint à l'esprit, et dès que je vis Clayton, je la lui confiai : « C'est une nageuse et je parie qu'elle ira se baigner une dernière fois avant leur départ. Le meilleur endroit est là où la forêt rejoint le fleuve. Je l'y retrouverai, tu te cacheras dans un arbre avec les fusils pour monter la garde. Elle ira sans doute ce soir ou demain matin, selon l'heure à laquelle ils doivent partir.

— Entendu ! » s'écria Clayton. Il alla immédiatement prévenir Mme Cerré que nous repartions l'après-midi même pour Kanesville, il lui acheta du pain et du saindoux pour la route, en attendant de trouver du gibier et du poisson. Nous quittâmes la maison quelques heures après le déjeuner, nous attachâmes le cheval et la mule dans les bois, puis nous redescendîmes vers le fleuve, qui dessinait une large courbe vers l'ouest. On pouvait nous voir à six kilomètres. Clayton trouva un arbre avec une plate-forme à l'intérieur à la lisière de la forêt, quand le soleil commença à décliner il grimpa en haut. Sa ceinture s'accrocha à une branche, la boucle fut presque arrachée. C'était le cadeau de Clemmy, la ceinture que son grand-père avait portée à la bataille de Saratoga. Il prit deux couvertures, une pour s'adosser et l'autre pour se couvrir, les deux fusils et la moitié du pain. Nous décidâmes que, si la nièce de M. Nowac n'apparaissait pas entre le coucher et le lever du soleil, nous nous retrouverions sous l'arbre pour décider de la marche à suivre.

La rive du fleuve était assez escarpée. Je m'installai juste au bord, de façon à surveiller la plaine jusqu'au comptoir sans me montrer.

Il n'y avait pas grand-chose à faire et je me surpris à imaginer que je la ramenais à la ferme de John sur mon cheval, puis à Kanesville, en charrette jusqu'à Saint Joseph et en bateau jusqu'à Saint Louis. Je la voyais, Dieu me pardonne, étendue dans un cercueil fermé, comme les étrangers morts du choléra.

Puis je songeai à notre voyage qui avait commencé par un mensonge sur les dessous de Caroline, suivi par l'histoire de ma rencontre avec un Indien dans la rue, et qui m'avait conduit au bord du fleuve cette nuit.

La lune se leva avant le coucher du soleil, le ciel était clair. La fillette ne vint pas et je pensai qu'elle n'apparaîtrait qu'au matin, aussi je m'assoupis, sachant que j'avais quelques heures devant moi. Quand la lune descendit derrière les arbres de l'autre côté du fleuve, je me réveillai et me mis à surveiller la prairie entre les huttes indiennes et moi.

Elle vint avant le lever du soleil, comme pour me rencontrer. Les deux petites filles étaient avec elle, je les entendis parler de très loin. Le ciel s'éclairait à l'est, il faisait encore noir. Quelqu'un alluma un feu, puis l'éteignit. Peut-être le signal du départ.

Les filles passèrent à quinze mètres de moi, elles descendirent sur la rive et se déshabillèrent. Je me souvins de ce dimanche, dans la chambre de Caroline, quand j'avais si envie de fouiller dans ses tiroirs. Je n'osai pas regarder, ce n'était pas bien d'épier les gens comme un voleur, aussi je me tournai de l'autre côté en attendant qu'elles entrent dans l'eau.

Elles nagèrent dans le sens du courant pendant un moment, puis elles rebroussèrent chemin. J'entendis brusquement un coup de fusil. Au bout de la prairie je vis M. Nowac, immobile, regardant dans notre direction. Clayton, voulant éviter de tirer sur un vieil homme qui bougeait, avait tiré en l'air pour l'effrayer. Je savais dans quel arbre il se trouvait, mais dans l'obscurité je ne le voyais pas. Je crus distinguer de la fumée, peut-être était-ce seulement la brume.

Quand je me retournai, les filles étaient sorties de l'eau et couraient vers l'endroit où se trouvaient leurs habits. La nièce de M. Nowac leur disait de se dépêcher. En levant les yeux, elle me vit brusquement. J'étendis les bras pour lui montrer que je n'étais pas armé. Elle courut encore quelques mètres pour se mettre entre moi et les fillettes, puis elle me fit face, furieuse, essoufflée, plus par la peur que d'avoir couru.

Saint Paul dit dans la première épître aux Corinthiens que parfois un être acquiert le don de comprendre une langue qu'il ne connaît pas. Il appelle cela l'*interprétation des langues.* Un phénomène semblable m'arriva. Elle s'avança vers moi, dans la boue, à la lumière du jour, elle prononça une phrase très lentement. Elle avait le visage grave, mais la voix douce, paisible et elle me dit : « Vous êtes venu me chercher, maintenant vous me voyez. » Ce n'était pas une fillette, mais une femme. Elle était belle, pas du tout ordinaire.

Les deux petites filles étaient loin, elles escaladèrent la rive et coururent vers le comptoir.

M. Nowac les appela et se précipita à leur rencontre. Tout de suite après j'entendis un second coup de fusil. La jeune fille se détourna et s'enfuit. Je ne vis pas si elle avait un grain de beauté sur le dos.

Clayton affirme que les balles sont dix fois plus rapides que le bruit. En effet, j'entendis le sifflement peu avant de sentir la brûlure.

Clayton n'avait pas prévu, en montant dans son arbre, de tirer sur moi. Il avait l'intention d'attendre qu'un méchant Indien m'attrape pour le viser. Quand M. Nowac courut vers les petites filles, j'étais la seule cible en vue. Clayton ne voyait pas la nièce de M. Nowac, de toute façon il n'aurait pas tiré sur une femme, même sur sa cousine. C'était un tireur d'élite, il avait guetté toute la nuit, et il me toucha au flanc droit, sans atteindre les organes vitaux. De son point de vue, j'étais la cible parfaite, il ne risquait aucune riposte.

Je tombai assis et il courut vers moi le plus vite possible, un peu surpris par ce qu'il avait fait mais fier, naturellement, d'avoir visé juste. Il s'agenouilla près de moi et me demanda si je pouvais marcher jusqu'au comptoir, mais j'étais sûr d'avoir une côte brisée, aussi je refusai. Des Indiens, hommes et femmes, vinrent me porter secours. Ils me soulevèrent à quatre ou cinq et m'emmenèrent jusqu'à la maison des Cerré. Clayton voulut les aider mais, quand il se leva, la boucle de sa ceinture lâcha et son pantalon tomba à terre.

11

Mme Cerré me banda, me mit au lit et me nourrit de viande crue, mais ma côte ne me faisait pas souffrir. Au bout de quatre jours, elle me permit de me lever. M. Nowac et son clan étaient partis depuis trois jours. Clayton les vit quitter Vermillion, et les suivit pendant un bout de chemin. « Hanna marchait en queue, elle s'amusait à lancer un sac de cuir à un petit garçon. Elle riait. Je n'en croyais pas mes yeux. »

Bien sûr, Clayton ne pouvait en aucune façon prouver que c'était Hanna, mais je pense qu'il avait raison.

Nous quittâmes Vermillion le 2 juin, le 9 nous étions de retour à la ferme du cousin John. Tous furent très gentils avec nous et nous passâmes l'été à travailler aux champs avant de rentrer à Saint Louis. Quand je repense à cette période de ma vie, je ne regrette rien, sauf le naufrage du *Jane Sure*. J'ai fait en chemin la connaissance d'hommes et de femmes généreux, et je suis sûr qu'ils m'accueilleront avec joie une autre fois.

Clayton est persuadé que le Seigneur a guidé sa main quand il m'a tiré dessus, me punissant pour mon mensonge et m'épargnant une blessure plus grave. Il a décidé d'apprendre le français, d'entrer au séminaire, puis de prêcher à Paris. « Là-bas, ce sont tous des étrangers, dit-il, mais du moins ils restent au même endroit, ce n'est pas la peine de les poursuivre. » Il m'écrit de longues lettres tout le temps, un peu parce que Clemmy et lui se sont séparés, mais aussi parce que notre voyage nous a rapprochés. Clemmy est maintenant courtisée par un homme qui dessine des viaducs et des passages à niveau pour les chemins de fer du Missouri.

Naturellement j'ignore ce que Hanna est devenue. J'ai rêvé d'elle deux fois depuis juin. La première fois, c'était en juillet, je me promenais dans les forêts du Canada et je la rencontrais par hasard. « Bonjour, cousin », me dit-elle, je lui répondis et chacun alla son chemin. Dans le second rêve, que j'ai eu le mois dernier, elle marchait dans la même forêt avec Caroline Burke et Tante Eusie. Elles portaient toutes les trois des robes blanches, comme si elles allaient à une fête, et, quand elles furent hors de vue, l'une se mit à rire. Je voyageais avec une mule que j'avais louée à M. Pewbrace pour un dollar et demi par semaine.

Sans doute ne nous reverrons-nous jamais. Mais qui sait ? Je ne l'oublierai pas, ni la route qui m'a conduit jusqu'à elle. Je l'ai rencontrée parce que je disais des mensonges, ce qui est mal. Pourtant je ne regrette rien, je mentirais si j'affirmais le contraire.

IMPRIMÉ EN FRANCE PAR BRODARD ET TAUPIN
Usine de La Flèche, 72200.
Dépôt légal Imp. : 6918S-5 – Edit : 3272.
32-10-1592-02-8 – ISBN : 2-01-321592-4.
Loi n° 49-956 du 16 juillet 1949 sur les publications destinées à la jeunesse.
Dépôt : septembre 1997.